夏天最後的日記

어느 날 내가 죽었습니다

이경혜

李庚惠—著

游芯歆—譯

目次

導讀

生命是最好的禮物
面對失去，我們該如何撫平傷痛

黃之盈（諮商心理師／報紙專欄作家／國中輔導教師）

「有一天我死了，我的死有什麼意義？」

生命的驟逝，就像在某個段落按下了暫停鍵，無聲無息，戛然而止。驟逝的人不會給予答案，從他死亡的那一刻開始，活著的其他人便背負起偵探的責任，開始從蛛絲馬跡中試圖獲取某種答案。

《夏天最後的日記》故事架構簡單而容易掌握，貼近學生的生活經驗。載俊和裕美就像是你我生活中的朋友一樣。裕美性格直來直往、直言嗆辣，載俊則是謙恭和緩，體貼中卻帶著壓抑。他們都懷抱著對愛情的憧憬，以及擔心沒有人理解自己的矛盾。他們是彼此的好朋友，卻因為載俊的車禍，而讓故事帶出更多兩位十幾歲孩子對生命更多的疑惑和探問。

記得前些日子，新聞報導一位因學運訴求而決定自縊的年輕人，他死亡之後，家人如何理解他追求的生命價值？以及他是怎麼選擇將自己活得燦爛輝煌？這些記述卻僅止於幾張報紙的曇花一現。

我們對生命的短暫絕對不只有讚嘆，也充滿了深深的惋惜。當身邊重要的人離開以後，我們總是錯愕的詢問：「怎麼可能？」「你確定嗎？為什麼？」「接下來呢？」「我不相信，昨天還跟他講話，他看起來好好的啊？」「難道那是最後一次見到他？老天爺別跟我開這種玩笑吧！」或是覺得「為什麼你要這麼傻，如果你可以……就……」想當然爾，這些問題是沒有答案的。當故人已經離開前往彼岸，我們在此岸的期盼就只是撲空和失落，這也呼應到文末殷殷探問著的：「有一天我死了，我的死有什麼意義？」

而死亡的反推就是「我們想怎麼活著」。有人說生命就像一段長跑，或者一台列車，終點站可能相同，但是路途的風景有所不同，我們在長跑的路上可能遇到同路人，一起跑了這一段，有了些對話，卻也離了遠去。這些時候，我們最常聽到的回應是「不要想了」「不要再難過了」「他都已經走這麼久了，你就節哀順變吧」，當事人當然也想要忘記，但重點在於實在是好難忘，怎麼能說忘就忘？已經石沉大海的答案，是不會有回應的。有時候，我們的難忘也難在亡者會在不經意的時候，突然闖入我們的生活中，無論是考試途中或待在家裡；在你們曾經走過的地方，一顰一笑、一個爭執、一段笑話，都在生活的細微處開始發酵。這就是失去親友後，慢慢發酵卻又鮮少人能夠細細理解的過程。所以，我們怎麼跟孩子一起討論，或引導孩子思考這個過程的意義，就變得格外重要。

在我們面對親友死亡的時候，第一個反應往往是震驚和討價還價，「怎麼可能？」「為什麼是他？」「不會吧！我一定是聽錯了！」但在接受事實後，卻也帶來更多需要被照顧的心情，第一個出現的可能是內疚或自責。起初，我們的腦海裡會盤旋著逝世的經過，尤其會往自己身上想：「是不是因為我和他，他才……」「假如我當時……他也許就不會走了……」此時建議引導孩子將對方當成守護天使，讓對逝者的思念化為無形的祝福和連結。也許你也可以問問孩子：「假如遇到同樣心情的人，我會想跟他說什麼？如何鼓勵他或安慰他？」讓孩子成為自己的資源，以換位思考幫助孩子慢慢走過悲傷的歷程。

也許有些人會開始茶不思飯不想，沉浸在回憶中，無法正常進行日常生活，可能多睡或者少吃，不想離開家。當他離開討價還價的焦躁和不安時，抑鬱的心情就會變多。我們需要協助孩子找到和他有相同心情的人，或者他信任的老師、朋友傾訴心情，此外，家長要注意的是，千萬不要中斷社團活動或者課程，即便這時候孩子提不起勁，也不能中斷他與人的接觸。家長或老師可以適度運用藝術的媒材，像是美術、畫畫、寫詩等等，以間接的方式讓不容易使用言語表達的兒童及青少年，多有機會表達出心中的鬱悶。

也許在家中，家長可以透過閱讀本書或是相關繪本，使用漸進式的引導，和青少年討論：「你覺得你的個性比較像載俊？還是裕美？你看到他們之間怎麼了？」先從觀察層次，協助學生進入書中的場景。讀到某些段落時，也可以問問孩子：「裕美發生什麼事了，為什麼她這麼矛盾（傷心、無助、徬徨）？」「如果你是裕美，你的感受是什麼？」「如果你是載俊，你看到裕美是這樣的心情，你會怎麼想？」

接下來，可以慢慢協助學生跟生活經驗做連結，切入主題和孩子討論，並記得將他的心情一般化，找到和他類似處境的人做引述，例如：「我知道前陣子阿花因為腦瘤走了，小白他們都很難過，我想大家的心情很像，你是怎麼想的呢？」協助學生慢慢觸碰自己的經驗，如果他沒辦法用講的，可以用畫圖或是傳小紙條的方式向你訴說。

當孩子慢慢願意表達之後，協助他擴大思考這件事對大家的衝擊和影響，以及從這個事件中學到什麼，比方說，可以詢問學生：「這本書最後，裕美終於懂了，載俊雖然走得突然，但是活得怎麼樣呢？」讓學生回想書本內容，並試著和故事做呼應：「我們的終點都是死亡，但就像裕美所說的，載俊在他死亡之前，將最認真、最執著、最好看的那一面留在大家的心裡。如果是你，會想要別人記得自己的什麼？而你又該怎麼表現，讓身邊的人記得呢？」協助孩子透過這件重要事情，做出反思跟學習。

其實，隨著時間過去，人們都會發展出不同的方式過日子，能夠更坦然的面對失落和死亡。一起經歷哀傷，一起緬懷，一起走出來，一起悼念死者，讓死者因為我們的記得，在我們的身上繼續活下來。同時，也能鼓勵其他正在這個過程中不知所措，悲傷或者自責的人。這是生命更迭的過程中，帶給我們最好的禮物！

推薦序

最好的時光

蔡宜容（兒童文學作家）

青春，不論做為一種生物性階段，或者詩意的嚮往，究竟憑什麼，憑什麼讓無數作者燃燒書寫？令無數讀者閱讀燃燒？又或者追根究柢，我的問題應該是，青春是什麼？

赫塞《鄉愁》中的少年主角深深暗戀十七歲少女蘿西，他在假期時瘋狂登山、泛舟、斷食……勞其筋骨，苦其心志，一切只為榮耀蘿西。他冒著生命危險爬上險峻的山壁，摘取石縫裡的阿爾卑斯玫瑰，隔天搭五個鐘頭的火車，一路捧著包得皺巴巴的花束，要送給蘿絲。沒有人看見少年玩命採花，沒有人看見這段愛的旅程，沒有人看見他走進一棟大門沒關好的房舍，沒有人看見他將花束放在樓梯上，沒有人看見他悄悄離開；少年甚至無法確定蘿西是否收到這分問候。

幾近絕望的單戀。但是某種「甜蜜、惆悵與詩意」卻讓少年感到美好，「至今猶然」。

寫下「夏天最後的日記」的載俊，是鄉愁少年超時空跨國族的兄弟。

載俊是國三男生，親情與課業有時候像牢籠一樣將他囚困，還好他有裕美，一個不打不相識的好朋友；還好他有素希，一個傾注全部熱情的暗戀對象。

載俊是乖乖牌，從外貌到課業，從家庭生活到可預見的未來，似乎都刻著

「平凡」兩個字。他跟一般青少年沒什麼兩樣，看見心愛的人會臉紅心跳，幻想跟心愛的人結婚，「當然晚上也要一起睡覺，嘻嘻嘻！」但是他連女生的內衣尺寸都毫無概念，這樣的載俊卻有著為愛向前衝的熾熱情懷，即使對方不知情也義無反顧，即使死亡的恐懼在前也無法阻擋。

載俊也像鄉愁少年一樣，挑戰身體與心理的極限，榮耀心愛的人。也許，載俊與鄉愁少年真正榮耀的，是自己狂飆的激情以及孤獨的熱戀。透過受苦召喚無法傳達的愛情，品嘗未曾嘗過的幸福。於是那顆「不可能，不可得」的果實，漸漸成為某種「甜蜜、惆悵與詩意」的永恆滋味。

載俊畢竟不是鄉愁少年，他終究失去從男孩成長為男人的機會。死亡以終極暴力的形式撕裂存活者的生活，包括載俊的家人、師友，甚至不相干的人，當然更包括裕美。

當送出去的耶誕禮物以摯友「遺物」的形式回到自己手中，裕美感到傷痛、困惑，以及更多的憤怒。藍色筆記本裡寫著活生生的大小事，考試考砸的煩惱，成績進步的喜悅，不受理解的鬱悶，談論理想的熱血，愛的徒勞與幸福……載俊這傢伙玩什麼「死亡遊戲」，就算要玩，也是活著才能玩啊！然後，一切突然戛然而止。

彷彿童話故事〈金髮小姑娘〉的場景：森林三隻熊回到家，發現桌上的粥被吃了，床鋪被睡亂了，被褥甚至還有溫度，人呢？人到哪裡去了？故事裡的金髮小姑娘會回來，載俊卻不會。裕美必須從日記本裡找回既熟悉又陌生的好友，憑藉兩個人的默契，以又哭又笑又嘲弄的方式互相道別。

「青春是什麼？激狂燃燒的火。少女是什麼？冰霜與欲望的結合。玫瑰會盛開，然後會凋萎，青春如此，最美的少女亦復如此。」電影《殉情記》的主題曲這麼唱著，載俊與裕美以不同的方式面對死亡記事，呼應青春的冰與火之歌。

序章

「裕美啊，我、我有件事想要拜託妳，可以和我見個面嗎？」

阿姨的電話，對我來說實在太意外了。

我怎麼思索，都想不出阿姨會有什麼事情需要拜託我。自從載俊莫名其妙死了之後，一下子就過了兩個月，我卻一次都沒去過他家。連和載俊不太親密的同學至少也拜訪過載俊家一、兩次，而和載俊是死黨的我，反而從不曾朝他家的方向邁出腳步。這一點，阿姨也一樣。雖然向同學詢問我的近況，卻從來不曾要我到他們家走走，也從來沒有打電話給我。

我沒有和阿姨見面的自信，我怕見到阿姨，就會真切感受到載俊死了的事實，我想，我會受不了那種痛苦。阿姨的心情大概也和我相同，所以兩個月來，彼此才沒有聯絡。日子就這樣過去了，沒想到阿姨竟然會打電話給我。當我正要前往約定地點時，忍不住先紅了眼眶。待會看到阿姨的時候，會不會流下眼淚呢？我心裡感到忐忑不安。

阿姨靜靜坐在茶館角落的窗戶旁邊，專注的盯著窗外。她的模樣就像乾癟至極的乾燥花，彷彿在這兩個月裡，全身的水氣都流光了。

「阿姨……」

我站在原地，好不容易才吐出這句話。眼淚沒有如我所擔心的奪眶而出，但「您好嗎？」或「這陣子過得還好嗎？」之類的問候語，卻卡在喉嚨裡出不來。

「裕美，妳來了啊！快坐下來！」

阿姨收回望向窗外的目光，轉頭看著我，淡淡的微笑著。但她一看到我，眼睛裡馬上浮起一層水氣。

我的淚水也盈滿眼眶，只好低下頭來。我就是擔心會出現這樣的情況，才不敢和阿姨見面的。

阿姨用手背拭去眼淚，再度抬頭看著我微笑。我也強忍眼淚，望著阿姨微笑。

「有好好去上學吧？」阿姨問。

「嗯。」

「我很想念妳……」

「對、對不起。」

「別這麼說，我也一次都沒跟妳連絡。雖然很想念妳，卻沒有和妳見面的自信。」

我一句話也說不出來。

「我突然說要和妳見面，是因為……」

阿姨從包包裡拿出一本筆記本，遞給了我。

我一眼就認出了那本藍色封面的筆記本，那是我送給載俊的禮物。

「這個，是載俊的日記本，昨天突然找到的。我希望妳可以先看一看，所以才……」

「您為什麼不直接看呢？」

我問完，沒多想便接過那本日記。但是當我不做他想的翻開了封面，看到寫在第一頁的句子時，嚇了一大跳，趕緊闔上日記。

有一天我死了，

我的死有什麼意義？

彷彿冰水淋滿全身一般，我的身體突然顫慄起來，連日記上的指尖也瑟瑟發抖。

看到我這副模樣，阿姨開口了。

「裕美，妳也嚇了一跳吧！這到底是什麼意思？我、我實在太害怕了，連一頁都不敢再看下去。」

阿姨像在抖動濕透的身體一般，全身打著寒顫。

「妳和載俊是最好的朋友，可不可以替我先看一下……我、我……」

阿姨終於忍不住哭了出來。

「阿姨……」我喊出這一聲之後，喉嚨也哽咽得再也說不出話來。

載俊，我最要好的朋友載俊；自從出生以來最喜歡的朋友載俊；乍然如花瓣四散飄零，消失無蹤的好友載俊。

眼淚從臉頰上滑了下來，我趕緊拭去淚水。連我都這麼悲傷了，阿姨的心情又是如何？

「對、對不起，裕美！我本來不想哭的。」

阿姨的肩膀顫抖著，努力想要忍住淚水。

「沒關係，您盡量哭吧。」

即使鄰座的客人都在竊竊私語的偷看我們，我還是那麼說了。世上沒人有權利不讓失去兒子的母親痛哭。

我靜靜的等著，直到阿姨的哭聲漸漸止息下來。

儘管腦海裡深深印著載俊的身影，眼淚彷彿隨時都會奪眶而出，我還是勉強轉移注意力，想著後天將舉行的期中考試。國三下學期的期中考會算進升學成績，但我到現在還沒詢問考試範圍。最好的朋友都死了，期中考算得了什麼？唉，我怎麼又回頭想起載俊了呢！

我又再看向了藍色封面的日記本。

有一天我死了，這句話彷彿一語成讖似的緊緊糾住我的心。

載俊為什麼要寫下這句話呢？難道載俊……

我甩了甩頭，不可能的！載俊雖然對死亡很感興趣，但絕對不會自殺。可是，為什麼……

「我沒事了！裕美，真不好意思。那個，怎麼樣……可以先看一下日記嗎？」阿姨好不容易才止住哭泣，怯怯的問。

「好的，我會先看一下。不過，可能會花一點時間。您就先假裝從未發現過這本日記吧……」我低聲說道。

「我知道了，我會假裝沒有看過它。等妳全部看完後，如果有什麼話想告訴我，再連絡我吧。」

阿姨說完後，眼光又投向遠遠的窗外。不經意望著阿姨的側面，我在她的臉上又再度看見了載俊。白皙的皮膚、纖柔的臉部線條、垂下的眼睫毛……載俊還留在阿姨的臉龐裡。

我怎麼都躲不開你，你停留在太多太多地方。我獨自在心裡低語。

和阿姨道別之後，我隨便搭上了一輛公車。

我只想讓自己置身在車裡，讓公車載著隨處亂跑。眼淚老想奪眶而出，讓我忍得很辛苦。公車裡沒什麼人，我在後方找了空位坐下，看著車窗外，剛好旁邊有一輛載著中國料理外送鐵箱的摩托車呼嘯而過。

一瞬間，我的心漏跳了一拍。

我怎麼忘得了那天的情景？

那天是星期日，凌晨三點鐘。

我徹夜未眠，於是起身坐在書桌前。前一天晚上我看「幽靈世界」[1]看得很晚，又接著看起漫畫《二十世紀少年》[2]，一直看到第九集。但不知道為什麼，覺得心裡很空虛，索性坐在書桌前寫歌詞。貓咪「黑雨」蜷著身子，窩在

1　譯注：幽靈世界（Ghost World），二〇〇一年的電影作品，帶有魔幻色彩，也暗諷刺當時社會現象。

2　譯注：《二十世紀少年》，描述二十世紀末日本社會的長篇科幻漫畫，作者為浦澤直樹。

我腳邊睡覺。

夜已深沉，死亡沒來。
將青春拋入奔流的河水裡。
今天你活著嗎？
明天也還活著嗎？

繼父說過，寫出自己的生活和感覺，就會是一首好歌的歌詞。但我不想那樣，如果照實寫出我的生活，一點都不有趣。早上起床上學去，被老師罵，上課打瞌睡，撐到下課，回家看電視，然後睡覺。我所感受到的，頂多就是同學很煩，老師討厭死了跟媽媽發脾氣之類的，除此之外還有什麼？

我只想將死亡啦、青春啦、絕望啦，這些詞彙通通塞進歌詞裡。愛啦、孤獨啦，這些字眼實在噁心得讓人起雞皮疙瘩，但死亡、絕望和青春之類的字詞，卻怎麼寫都不厭煩。

清晨到來，死亡還未離去。

到白雪覆蓋的山頂去獵捕青春吧。

今天你活著嗎？

明天也還活著嗎？

繼父看了，絕對又會搖頭嘆息，但如果是載俊，一定會雙眼發光，讚不絕口：「『獵捕』這兩個字真是太帥了！我喜歡！」我真想馬上把我的好心情分享給載俊，但這時他八成已經入睡。至少，還是要傳一行字給他看看吧，我拿起手機傳了簡訊過去：

快恭喜我寫完一首歌詞，第一行是「死亡沒來」，很棒吧？

如果還沒睡就回訊息給我吧，晚安。

同一個時間，在空無一人的街道上，載俊以令人難以置信的速度飛了起來，彷彿自由自在的小鳥。接著，他以令人難以置信的模樣跌落，如同破裂的紅磚一樣。

夜已深沉，死亡沒來。

載俊當場死亡。

第一章　藍色封面的日記本

封面湛藍如大海的日記本端正的躺在書桌上。我坐在床上，愣愣的望著那本日記本。

那如大海顏色的藍色日記本，就是我送載俊的禮物。

去年聖誕節我送給他，並要他當成新一年的日記本。那時，載俊送了我什麼呢？我靜靜的皺著眉頭，努力回想。

去年，我們一起度過了國中二年級的聖誕節，一起搭火車到春川。

那時，我們並肩坐在車內，望著窗外大雪紛飛。

「嘿，看來老天可憐我們，下這麼大的雪來安慰我們。」

載俊故意愉快的開著玩笑，那是他對我的關懷，因為我始終無法擺脫鬱悶的心情，一直低著頭。其實，他的心情應該也跟我差不多。

我們都期盼著，不管發生什麼事情，聖誕節一定要跟自己喜歡的人一起度過。我想和魏廷河過節，載俊想和鄭素希一起。我和載俊雖然是最好最好的朋友，但聖誕節是和情人，而不是和好朋友共度的，所以我們早在兩個月前，就為了實現這個願望而努力。

我們倆各自有單戀的對象，為了引起對方的注意、向對方告白，我和載俊商量好久，還製作了攻略，期望能和心儀對象共度聖誕夜。這種時候，死黨是異性實在太有用了。同樣身為女孩子，我給了載俊可以擄獲鄭素希芳心的建議，而載俊也以男孩子的身分，告訴我怎麼吸引魏廷河的注意。

結果，我們都委婉的收到對方發的好人卡。

魏廷河對我說：「裕美，我喜歡妳。妳很有魅力、個性叛逆、有魄力，還很辣，但是我沒把妳當女生看。而且，妳這麼好的人做我女朋友，不是太可惜了嗎？我只想和妳當朋友就好。」

那傢伙，像是怕別人不知道他是奶油大王，說的話都像奶油融化似的膩人，即便到了現在，我只要想起那時候的情景，還是忍不住會滿臉通紅。

「你的舌頭是奶油做的嗎？」

我丟下這麼一句話後就跑走了。他的肉麻話裡已經透露出一個事實，就是魏廷河一點也不愛我。

不管個性再怎麼強悍如我，為了吸引他的注意，也拉下臉做了不少事。甚至直到告白之前，我的心也一直七上八下。

令人難以置信的是，走出校門的同時，我的臉龐流下了兩行眼淚。

說什麼叛逆、魄力、辣？哼，根本就是個輕浮的傢伙，就那張嘴會說話。神經病、表裡不一、油嘴滑舌。

但是就算嘴裡再怎麼罵他，我還是迷上了那個油嘴滑舌的輕浮傢伙，為他神魂顛倒。

不知道自己究竟哭著走了多久，連寒冷都感覺不到，也不管別人是否在偷看我，我任憑眼淚奔流而出，就這麼一直走著。當我在最近的公車站停下腳步時，突然感覺到一隻手輕輕放在我的肩膀上。

一瞬間，我的心臟差點凍結，會不會是……不行，不能讓他看到我哭得紅腫的雙眼。我沒勇氣轉過頭，兀自忐忑不安。

「裕美。」

當我聽到這聲呼喚，繃緊的身體奇妙的放鬆下來。那不是魏廷河，而是黃載俊的聲音。我馬上轉過頭去。

「我從學校門口一直跟到這裡來，妳竟然一點都沒有察覺。哭什麼哭？又不是妳老哥我走了。」

載俊望著我，溫柔的笑著。

此時，我雖然很高興他的出現，另一方面又覺得實在太丟臉了，就故意跟他鬧彆扭。

「哼，你又不是刑警，跟我在後面幹麼？」

「我不甘心只有自己被拒絕，就在學校門口等妳，不行嗎？」

話是這麼說，但載俊的眼裡充滿柔情的笑意。

「我雖然也很喜歡鄭素希，但妳也太在意廷河那傢伙了吧！看妳哭成這副德行。」

「對啦，我也被拒絕了，這下你高興了吧！你是不是一直在祈禱我被拒絕啊？」

「唉唷，祈什麼禱！我又沒有要娶妳。不過看妳哭得這麼傷心，我心裡也不好受。好了，跟妳老哥我走吧，我買一碗熱呼呼的紅豆粥給妳吃。」

「你怎麼這樣！明明知道我不喜歡吃甜的，還什麼紅豆粥，你以為現在是六〇年代嗎？」

「是嗎？哈哈。昨天看的電影裡出現這句台詞，我就借來用了。不管怎樣，走吧，我現在有錢，可以請妳吃披薩喔。披薩總可以了吧？」

一提到披薩，即使現在不是該大吃的心情，我還是忍不住垂涎三尺，二話不說就跟著載俊一起前往披薩店。

到了餐廳，我也沒問載俊怎麼有錢，只顧著猛吃拉出長長起司的披薩。吃了一陣子之後，一直靜靜注視著我的載俊才噗哧笑了出來。

「笑什麼笑？真討厭！」

我把披薩塞進嘴裡，邊嚼邊問。載俊趕緊擺了擺手說：「啊，不笑不笑。快吃吧！明明剛才一副快死的樣子，現在吃披薩吃得這麼開心，不是很好笑嗎？所以說啊，老哥對妳最好了，對吧？還買披薩給妳吃。」

載俊雖然開著玩笑，但此刻，我真的對他充滿感激。

「對啊，我承認！載俊，你對我最好了！」

我這麼真摯的一說，載俊反而害羞了起來。

「真是的，說那什麼話嘛！不管怎樣，妳看起來真的餓壞了。妳啊，是不是想要今天告白時看起來漂亮一點，就故意從昨晚開始都沒吃飯，對不對？」

我瞪大眼睛望著載俊。他怎麼知道這個祕密？

「被我猜對了？唉，真是的！妳老實跟我說，魏廷河那個輕浮的傢伙，妳到底喜歡他哪一點？他啊，在男生裡面就是個讓人倒胃口的傢伙。自古以來好男人就是朋友很多的男人，妳連這個都不知道？」

「那鄭素希呢？你以為女同學都喜歡她嗎？她是重度公主病患者啦！」

「話說回來，我們兩個為什麼都喜歡上那種人？現在才會把自己搞得這麼慘。」

「因為我們傻啊！笨蛋，神經病……」

「哈哈，對極了！不過愛上一個人，本來就會變成笨蛋的！先不說這個，妳一點都不好奇嗎？老哥我為什麼突然有錢請客？」

「你不要開口閉口老哥的，也只不過比我早一個月生而已。對啊，錢從哪裡來的？」

「哼，看妳說話的樣子。打天堂遊戲贏來的，很厲害吧？」

「真的？賺了多少？」

「一萬塊[3]！」

「哇！怎麼可能。」

我嚇了一跳，手上的披薩差點掉到地上。

「妳竟敢不相信老哥的話？」

載俊因為勝利感，整張臉都亮了起來。四天前才遭鄭素希拒絕、愁眉苦臉找我的載俊，不知不覺間消失不見了。

「有錢真好！連失戀的創傷都能治癒！」

3 譯注：此處指台幣。

我明明很高興載俊的心情變好，嘴裡還是忍不住要損他。

「嘻嘻！」大概自己也覺得不好意思，載俊笑著搔了搔頭。

「無論如何，這也不錯啊！至少賺到了錢。我們兩個被拒絕的人一起過聖誕節算了，如何？」我刻意拉開嗓門，朝氣十足的說道。儘管心裡某個角落仍刺辣辣的疼痛著，若是繼續垂頭喪氣下去，多少還是會對如此用心安慰我的載俊感到抱歉。

「好啊！其實我也是這樣想，才在學校門口等妳的。」

「什麼？萬一我和魏廷河在一起了，你怎麼辦？」

「怎麼可能？廷河那傢伙哪有什麼眼光？他才不了解妳呢！」

真是的，這話究竟是褒是貶啊？雖然有點語意不清，內心卻感到一陣溫暖，就像緊緊抱著毛茸茸的小貓在胸口一般。

「少來！你不是也不了解我嗎？啊，幸好幸好……」

我故意找碴，載俊馬上回嘴：「那是兩回事！總之，我們二十四日一起搭火車去春川吧！」

「春川？我一次都沒去過……」

「我會找好所有的資料，妳只要人過來就好。對了，妳家有數位相機吧？妳帶相機出來就好。總要為我們的單身派對留下紀念，對吧？」

「對你個頭啦！」

於是我們出發去旅行了。從首爾啟程的時候，天上開始下起了稀稀落落的雪，彷彿在天空圍起了白色的窗簾。不經意之間，又變成大雪四處紛飛。

其實不管是和載俊同行也好，或是和其他人也好，出發前一天晚上我還為了要搭火車去春川，興高采烈的挑著衣服，興奮到睡不著覺。

看到天上開始飄下一片片的雪花，我又想起了魏廷河，心裡的創傷又開始泛起痛楚。魏廷河總是半閉著眼睛，一副睡眼惺忪的模樣，挺直的鼻梁，高大的個子，連我不算矮的身高站在他旁邊，也還不到他的肩膀。還有那讓人聽了起雞皮疙瘩、雙腿發軟的聲音……

我知道他為人不好，也知道他眼裡只有女孩子，男孩子都認為他不講道義也不夠聰明……

但我就是被他深深吸引，一點辦法都沒有。

一開始，我連看都不看魏廷河一眼，只覺得他是一個沒禮貌，讓人倒胃口的人。可是上次郊遊的時候，他帶著一把吉他，自彈自唱貓王的「溫柔的愛著我」，我的魂就被他勾走了。

廷河還故意像捉弄人似的對著正好坐在旁邊的我，誇張做出深情款款的樣子唱著歌。起初我還覺得他的模樣可笑，不知不覺間，看著他的眼神，我就動心了。之後幾天的時間裡，總覺得他的眼光一直盯在我身上，甩都甩不掉。魏廷河的模樣從此映入我眼中，不停在我眼前晃動。那膩人的情歌也彷彿會自動播放似的，不停在我耳邊響起。

於是我愛上了他，直到現在才被發了好人卡。廷河說的話，一字不漏的全都像火焰燃燒般烙印在我心上。我寧願他對我說「我討厭妳」，這對個性不拖泥帶水的我來說還更痛快些。

「我沒把妳當女生看」、「做我的女朋友太可惜」這些話給人的侮辱，甚至比單純一句「我討厭妳」更嚴重，因為話裡充滿想要安慰弱勢者的傲慢。生來第一次向男孩子告白，僅僅是「我喜歡你，要不要和我一起過聖誕節？」這麼簡單的兩句話，我就練習了一整個晚上……

他不只明白我告白的涵義，還加了安慰，讓我想忘都忘不了。

本來還想和載俊一起痛快的玩一場，現在心情變成這樣，雖然很抱歉，卻也無可奈何。看我沉默不說話，載俊也閉上了嘴。我們默默望著窗外的雪花，就這樣一路到了春川，載俊大概也沉浸在自己的悲傷回憶裡吧。

按照載俊安排的行程，我們先去了風景秀麗的昭陽湖，又來到春川最繁華的明洞，吃了一頓美味的辣炒雞排。吃飯的時候，什麼不開心都不見了，兩人連黏在鐵板上的東西都搶著刮下來吃，不經意的四眼相望，還為此一起笑了好一陣子。

雖然心情鬱悶，但這次旅行讓我感到很溫暖。吃完辣炒雞排走出店外，發現不知不覺間天黑了。不久，雪停了，街道上積滿了雪，一片白茫茫的，四處響著浪漫的聖誕歌曲。

我們擺著各式姿勢拍了好多照片之後，我突然冒出一句：「請我喝酒！」

聽我這麼說，載俊噗哧一聲笑了出來，但還是帶我走進了黑漆漆的酒館。

可是，我們兩張稚氣的臉根本遮掩不了。就算我個子高，長得又成熟，乍看之下或許可能被當作大學生，但載俊的臉上寫著大大的「我還在長大中」六個字，加上他的個子又矮，根本無法隱瞞。於是我們被毫不留情的趕了出來，但就這樣回家去，似乎不太甘心。

這次，換我一個人走進便利商店，買了瓶燒酒和鮪魚罐頭。便利商店老闆忙著在看聖誕節特輯的歌謠大賽，沒有仔細看我的長相。

看著我手上提著的酒瓶，載俊搔了搔頭。

「唉，男人的面子都沒了！」

「你哪是男人啊？你是少年好不好！」

「少年就不是男人嗎？」

「少年死了才能成為男人，我繼父寫的歌詞裡有。」

「什麼意思？我死了才能成為男人嗎？」

「誰讓你去死啊？是說你內心的少年死了，才能成為男人啦。笨蛋！」

「哈哈！不管怎樣都好。今天這種日子我不想死，我當個少年就好，永遠不要成為男人。」

「是啦是啦，你就適合當個少年！你那張臉啊，再怎麼變都成不了男人。」

「真的？所以鄭素希才看不上我嗎？她只把我當成可愛的弟弟啊！」

「哈哈哈，她如果真的那麼想的話，還真不會看人。我們家就有一個可愛的弟弟，你啊，像個討人嫌的頑皮弟弟啦！」

「什麼？妳這個歐巴桑別亂說！」

「你這傢伙！」

我們站在路旁捏起雪球互丟，不理會來往行人的注目。

最後，我們在歸途的火車上喝掉了那瓶酒。感覺還不錯！凝視著漆黑的車窗外，我們兩人咯咯笑著，用彼此的情傷來下酒。以前郊遊或校外教學時，也曾經喝過一、兩杯，但那時候好像在喝化學實驗室裡的酒精，覺得燒酒又烈又難喝。直到那天，我才終於領略到燒酒一下子擴散到全身的滋味。

無論如何，此刻你能陪伴在我身邊，真的太好了！我在心裡反覆呢喃這句話，因為太肉麻而說不出口。

「啊，對了！該交換禮物了！不管怎麼說，今天總是聖誕夜嘛！」

聽了我的這句話，載俊唰一聲從包包掏出某個東西。

我先遞禮物給他，接著載俊也遞給了我禮物。

是什麼呢……

載俊撕開我的禮物包裝一看，表情變得很難堪。

就是現在躺在我書桌上的那本藍色日記本。

「漂亮是漂亮，但這不是日記本嗎？」載俊說。

「是啊！再過沒多久我們就要升國三[4]了，你就當作正好可以拿來反省一天作息的工具吧。」

4　譯注：韓國的學年從每年三月開始算起。

「我想到要寫日記就渾身不自在。我小學時因為討厭寫日記，總是想盡辦法拖延，結果被罰掃廁所一個月。現在妳還給我這種東西？」

「因為那是作業你才討厭的。況且你現在也到了青春期，應該有很多話想寫下來吧？青春期不寫日記的話，一輩子都不用寫日記了。不然，你把對素希那份『心碎的愛』全都寫下來不就得了？嘻嘻。」

「妳這傢伙！年紀小小的，老是戳妳老哥痛處！」

載俊故意瞪大眼睛，敲了我的頭一下，嘴角卻掛著笑意。

然而，載俊卻在我送給他的日記本第一頁上，寫下了「有一天我死了」這種話。真是差勁的傢伙！你到底想怎麼樣，竟然在我送給你的日記本寫下那麼可怕的句子？到底是什麼意思？

我實在完全沒有勇氣翻開那本日記本，裡面有太多太多我們豐富的回憶。

我把日記本推到旁邊，打開電腦。想起了春川，忍不住想看看當時拍下的照片。那些用數位相機拍了下來、儲存在電腦裡的照片。

滑鼠點開了名為「悲傷聖誕」的資料夾。

是啊，那天在我的記憶裡就是悲傷的一天。現在回想起來，其實那天多麼開心，多麼幸福。載俊還活著，和我在一起……

有在火車站前拍的照片，也有在昭陽湖拍的照片；有嘴角沾著醬料、大啃辣炒雞排的照片，打雪仗的照片；還有載俊拿著那本藍色日記本拍的照片，以及我拿著載俊給的禮物，一臉無可奈何的照片。

是了，哈哈，我終於想起來了，我怎麼會忘得一乾二淨呢……

載俊給我的禮物，是一套不堪入目的亮紫色內衣褲——幾乎只以細繩和蕾絲組成的性感胸罩和內褲。

對著氣得說不出話來的我，載俊說：「魏廷河說沒把妳當女生看，妳一定很受傷吧？妳就穿上這個，把那傢伙說的無聊話全都丟到腦後。」

「什麼啊，你這笨蛋！這種東西你自己穿吧！不對，你拿去送鄭素希好了！」

那時候，我真的生氣得想哭。好不容易心情好了一點，沒想到載俊一點都不懂事，又讓我的心情跌到谷底。後來載俊手腳並用的不停道歉，我才又恢復心情和他道別，但回家以後就隨便將禮物塞到角落，再也沒拿出來看過，才會忘得乾乾淨淨。

突然間，我很想找出那套內衣褲。這一切如今都變得如此珍貴，留有載俊痕跡的所有東西，不管是什麼，現在都成了遺物。

我馬上翻找壁櫥角落，卻不知道當初自己究竟藏到哪裡去。不管怎麼找，連個影子都沒有。一定是當時擔心媽媽會看到，藏在一個絕對沒人找得到的地方了。到底藏到哪裡了？我連書桌後方和抽屜最裡面也找過，什麼地方都翻了一遍，還是沒找著。

我到處東翻西找，黑雨歪著頭喵喵叫，高興的跟在我後面跑。

「啊！」坐在床邊喘口氣的我突然跳了起來，一把抬起床墊。果然猜得沒錯，床墊和床板中間，仍塞在包裝紙裡的內衣褲就靜靜的躺在那裡。

不知道自己為什麼會那麼高興，彷彿載俊活過來似的，我拿出那東西，緊緊抱在懷中。撫摸著用細帶和蕾絲裝飾的華麗性感內衣褲，心底的某個角落變得悶悶的。

我趕緊鎖上房門，脫掉外衣，一件件的穿上那些東西。載俊不可能明白女生的內衣尺寸，我站在鏡子前一看，簡直快昏倒了！胸罩太大了，掛在身上晃來晃去，內褲只是一條細繩連著一塊三角形小布片，根本遮掩不了什麼。別說什麼性感，簡直太可笑了。一定是他從哪個網站看到豐滿成熟模特兒的試穿照片，就下單買的吧。

看到這副模樣，連我自己都忍不住發出咯咯的笑聲。

你現在是不是正看著我的樣子呢？很好笑吧？真的太好笑了吧？看看這套內衣褲穿在我身上的樣子，這可是你為了讓我誇耀女性美，特地買給我的呢！真的很好笑吧？你這個笨蛋，連內衣有不同尺寸都不知道。你自己倒是看看這個尺寸適不適合我啊！

我咯咯笑著，驀然抬頭一看，鏡子裡的臉龐上爬滿了淚水。不知道什麼時候，眼淚潸然而下。是啊，載俊，你就這樣以少年之姿消失了，連內衣褲有分尺寸都不知道，只留下這麼性感的紫色胸罩和內褲給我。你又不是我的男朋友，只是好朋友而已，為了安慰我，還特別費心……

就算我成了大人，逐漸老去，你仍舊會停留在原地，保持沒長大的少年模樣吧。即使我從少女成了女人，成了歐巴桑，成了老阿嬤，你仍舊是青澀少年，長不大吧？你這笨蛋、差勁的傢伙，根本不會騎摩托車，為什麼還要騎？我不讓你騎，你就偷偷騎，是不是？你太壞了，為什麼不聽朋友的話，差勁透頂……

我笑不下去，跌坐在床上痛哭出聲。眼淚泉湧而出，載俊死後，我從來沒有哭得如此悽慘。明明是大半夜，我卻穿著奇怪的胸罩和內褲，放肆的哭著。

小貓黑雨走了過來，靠在我身旁喵喵叫個不停。

第二章　櫻花盛開的那年春天

請將下列岩石按照硬度排列：

一、砂岩　二、石英岩　三、泥岩　四、花崗岩

我猛抬起頭，同學都安靜的在考試卷上作答。也看見有些早就放棄的同學，他們趴下來睡覺的背脊。坐在講桌前的老師，不知何時也開始低頭打瞌睡。

我的眼光轉向黑板旁邊的公布欄。

上面貼著的課程表，是布置教室的時候我和載俊一起做出來的。課程表旁邊是穿著吊帶褲的卓別林，手中舉著牌子，上面寫道：同學別打瞌睡，好好用功！

當然，這是載俊做好牌子後，貼在卓別林的照片上的。當時我們不知道笑得多厲害。上課睏得半死的時候，一看到卓別林的臉就忍不住想笑，連瞌睡都

醒了。

我又想起了櫻花紛飛的那一天。

去年四月，第二學年剛開始的那個學期，我才轉學過來沒多久，完全無法適應。那天，我跟老師頂嘴，因此被列入了黑名單；那天，四月的太陽懶洋洋的撒進教室裡……

「陳裕美，妳穿耳洞？」

班導師尖銳的嗓音在教室裡迴響，我趕緊將撥到耳後的頭髮又放了下來，但為時已晚。一直以來我都放下頭髮，藏得好好的，可能在不經意間又撥到了耳後。

她噠噠噠的衝向我。

「我的天啊，妳怎麼敢穿耳洞？這麼小就這樣，長大以後還得了？妳這種孩子啊，長大後一定是酒店小姐。你以為自己和那些女人有什麼不一樣嗎？像妳這種隨隨便便、不要臉的小孩，以後就會變成那樣！」

我猛然抬起垂著的頭，只不過是穿個耳洞，竟然就惡毒的說我會成為酒店小姐。這麼侮辱人的話，我不可能忍氣吞聲。我清清楚楚的看見，嘴裡說著這些話的班導師，耳朵上正掛著晃來晃去、閃閃發亮的金色耳環。

我一臉泰然自若，這就是我的武器。站在可以盡情踐踏的人面前，越生氣就要保持越冷靜。

我正眼看著她，冷冷的說：「老師您也有耳洞。您也是酒店小姐嗎？」

班導師白皙的臉龐瞬間變得通紅。我心想，就算這麼做會被退學，我仍舊會選擇這片刻的勝利。因為實在是太痛快了！

一直竊竊私語的同學們突然變得安靜起來。

沉默。

「妳、妳說話怎麼這樣？我跟妳一樣嗎？妳說？」

這人真幼稚，我心裡這麼想。我一點都不害怕，這種可惡的人，我一點都不害怕惹她生氣。

我沒有回答，只是將視線移開班導師的臉上。黑板上方掛著的匾額寫著「愛與理解」的班訓，哼，什麼愛與理解啊。

「下次再敢頂嘴，妳知道會有什麼後果嗎？一點家教都沒有的小孩！明天叫妳媽過來。」班導師說完轉過身，走上講台。

一點家教都沒有？哼，她的態度太惡劣了，還侮辱我的父母。如果她曉得我媽離過婚，一定會擺出一副「我就知道」的盛氣凌人模樣。

想到這裡，我恨不得對著她扭來扭去的屁股繼續吐出惡毒的話，最後還是忍了下來。今天就到此為止吧，不想再跟那種人纏鬥下去。我啪的一聲闔上書本，坐在位子上。同學都用著吃驚的眼光望著我，我飛快環視一圈，大家又馬上裝出若無其事的樣子。

不出我所料，這個學校的同學都是膽小又可憐的乖寶寶！

那天一放學，我就將裙頭往上摺，校裙馬上變成迷你裙，接著才走出教室。我以前就讀的進永女中，同學都是這個樣子。不，大家乾脆改短裙子，穿著短裙上學。擅長縫紉的美枝索性靠改同學的裙子賺錢，改一件收一百塊！美枝連上課時都把裙子攤在書桌底下縫來縫去，我們還開玩笑說她是「靠縫補賺學費的可憐苦讀生」。

令人驚訝的是，青史中學的女學生全都乖乖穿著沒有動過任何手腳、裙長過膝的校服上學。我連作夢都沒想到，世界上還有這種只收模範生的學校。當然，學校裡也不是沒有坐在最後面、每次上課都被叫起來罰站的吊兒郎當學生，但也只有少數幾個而已，在整個「模範生學校」裡根本不算什麼。而且，這也僅限於少數幾個男學生，女學生全都像是大家閨秀。我想，自己就算在這個學校裡待上幾年，也交不上一個朋友。

我慢慢的拖著步伐穿過操場，走出校門。

心情有點落寞。就算勝利的快感再大，但也等同我在這寂寞的學校豎起了寂寞的高牆。讓每天都要碰面的班導師盯上，一定會是件累人的事情。

沿著校門前的下坡路走了好一陣子，我突然察覺身後有人靠近。

轉過頭一看，一眼看上去很善良的矮個子男孩站在那裡。他是我們班的同學嗎？轉學過來還不到一個月，我連同班同學的臉都還分不清。

我用非常不愉快的眼神望著他，他臉上依舊掛著和善的笑容。

「找我有事？」我態度欠佳的說。以這種態度說話，通常會嚇到這個學校的同學。但是這名男孩卻一點都不在意。

「我叫載俊，黃載俊。」

莫名其妙，他竟然用一副天真口吻自報姓名。

「那又怎樣？我有問你嗎？」我的回答還是很彆扭，但他依然沒有因為我的態度受到任何影響。

「妳住在大城公寓吧？我就住在旁邊的芮城社區。」他接著說。

真是夠了。

「到底想怎樣？我又沒問你？」

「我們都住在附近，可以一起回家……」

他大概生來從沒受過挫折吧？男孩絲毫不在意我無禮的語氣，一臉笑嘻嘻的說。

「笑死人了，誰要和你這種傢伙一起走？」

坦白說，我很難不對眼前的男孩產生好感，轉學過來的一個月裡，沒有任何同學願意親近我。每個同學雖然都親切的以禮相待，但誰也不願意和我做朋友。我和他們就像不同品種的動物一樣，無法相處。

我倏的轉過身，快步向前走。他卻趕緊追了上來，走到我旁邊並肩而行。

「我說了不想跟你一起走！」我不耐煩的說，他卻大聲笑了起來。

「我也得回家，不是嗎？」

對喔，差點忘了！男孩笑容滿面，眼睛多麼明亮，看起來真的很善良，讓我有種被解除武裝的感覺。回家只有這麼一條路可以走，也沒辦法繞道而行。

我心裡十分不安，滿臉通紅。坦白說，我並不討厭和他一起走路。

人行道上，櫻花樹粉紅色的花瓣緩緩飄落在我們行走的路面。

無可奈何之下，我假裝一臉怒氣，閉上嘴巴靜靜往前走。斜眼瞄向男孩，他一點也不尷尬，臉上仍舊掛著燦爛的笑容。他的生活一定過得很幸福，才能擁有如此的笑臉，我在心裡默默想著。

我在女同學中算個子高的。載俊在男同學裡卻是個矮冬瓜。兩人並肩走在一起，看起來比我還矮。他邊走邊拍打櫻花樹，讓花瓣嘩啦啦的飄落在我面前。

你在做什麼啊？我很想大叫，聲音卻卡在喉嚨出不來。

我的內心不斷交戰，對於名叫載俊的男孩願意親近我的喜悅，和不能就這樣被這個人騙了的無謂警惕互相拉鋸。

我們就在他邊走邊玩耍花瓣之中，默默的步行了好一陣子。

一直快到家門口，載俊才又開口說話。

「裕美！」

他的聲音相當溫柔，但我還是不說話，眼神戒備的望著他。

「幹麼？」從我嘴裡吐出的話，當然語氣不善。

「妳剛才真的太帥了！」

「哼！」我雖然用鼻子哼了一口氣，但坦白說，他的話並不難入耳。

「看到討厭的班導師吃憋的樣子，真是太痛快了！」

我的臉不自覺的紅了起來，載俊的表情十分真摯。

「以前班導師也曾經自己莫名其妙的生氣，毫無理由打了敏洙一耳光。可是班上的同學卻嚇得什麼話都不敢說。我的心裡憤怒到了極點，卻連一句打抱不平的話都說不出來……」

班上的敏洙家裡環境不好，看起來腦筋轉不過來，有點傻傻的。

「可是妳就敢說出自己想說的話，妳真的很勇敢。那個，我可以做妳的朋友嗎？單純的朋友啦，不是男朋友。」

我不想讓他看到自己滿臉通紅的模樣。也生氣自己竟然會因為這點稱讚就臉紅，真是傷腦筋。

「廢話少說，快走開！我家到了。」我帶著生氣的口吻，快步跑向掛著大城公寓牌子的建築。

一到家門前，我回頭看了一下。載俊還站在那裡看著我笑，那微笑真是無比純真。

我看著滿臉笑容的載俊，在腳下偷偷吐了兩口口水。討厭的傢伙，竟然沒被我的虛張聲勢嚇退。

隔天一大早，當我走出大門時，卻被嚇了一跳。

載俊站在門外，一看到我就嘻嘻笑。

「你、你站在那裡做什麼？」我太驚訝了，連話都說不清楚。

「我在等妳啊，一起去上學吧。」

我的臉又開始燒了起來，不想讓他看見，連忙低下頭，二話不說走在前面。

載俊這次也很快追了上來，走到我身旁。

「我們一起走吧。」

「誰答應要跟你一起走的？你為什麼一直纏著我？」我心口不一，用不耐煩的語氣說道。

這次載俊似乎有點嚇到了，天真的他似乎終於知道我真的生氣了。管不了這麼多，我加快腳步，邁步向前走。

倒胃口的傢伙，我又沒答應和你做朋友，為什麼還一直黏著我！

我一個人喋喋不休的自言自語，就這樣走到了學校。抵達校門口時，我回頭偷偷瞥了一下，載俊遠遠的低著頭慢慢走過來。

我故意更趾高氣揚的朝著教室走去。

好不容易有人願意當我的朋友，我就這麼氣走對方。真是笨蛋、神經病！我真想揪著自己的頭髮大罵。

那天放學回家的路上，我一直忍不住回頭，期待載俊會不會又跑過來，跟我說一起回家。那傢伙如果真的這麼說，我一定又會尖酸刻薄的回嘴，但在心底的某個角落，還是存在著這樣的期盼吧。儘管在學校的時候，我連正眼都沒看過他一眼。

然而，都快走到家門口了，別說是載俊，連一個長得像載俊的傢伙都沒追上來。

我寂寞的拖著腳步回家，粉嫩的花瓣仍舊如內衣的蕾絲般鑲在櫻花枝椏上。我用力的拍了拍樹枝，花瓣如雨滴落在我的腳前。好寂寞，寂寞，我好寂寞……

不經意的，我唱出了一句流行歌曲的歌詞，是媽媽常掛在嘴上的一首老歌：「我好寂寞，寂寞得活不下去。天地之間，只有我一身孤獨……」

呵呵，我今天大概真的很寂寞吧。這種時候，如果那傢伙能跑出來的話，驕傲的陳裕美一定會像看到魚的貓一樣，呼嚕呼嚕、喵嗚喵嗚的心軟下來。

第二天早上，鬧鐘設定比平常早一個小時響，所以我早早就起床了。洗頭、洗澡，還輕輕抹了一滴媽媽的香水。擦完乳液後，我在臉上鋪了薄薄一層粉底，輕輕拍上蜜粉，再用刷具刷勻。接著修了修眉毛，擦好唇膏，最後用面紙抿兩下。我的臉馬上變成青春的美少女，連我看了都被自己迷住。

這麼做，當然不是因為我看上了載俊那傢伙，這點我可以對著天地神明發誓。我陳裕美只會看上輕浮浪子或小太保，死都不會看上那種天真爛漫的模範生。啊，天真爛漫的人只要我家四歲的弟弟裕賢一個就夠了。對著他這個孩子，還真是相當考驗我成熟的心智年齡。就算如此，我還是一個朋友都沒有，過得很孤單。如果能交到一個朋友……不對，該說「追求者」，這樣也不錯。對，說他是「追求者」會讓我比較高興。即使他是因為我一臉頹廢，才跑來說要和我當朋友，從今天開始，我要讓他成為我的追求者。

然而，當我挺著僵硬的脖子，將精心化好妝的臉探出門外，不管哪個角落，都看不到載俊的身影。雖然昨天上學時讓他難堪了，我還是一心以為他今天一定還會過來等我……

不對，這傢伙一定是躲在哪裡，打算嚇我一跳吧。但我也沒法拉下驕傲的姿態，做出尋找他的動作。

我只能在心裡乾著急，一個人走向校門口，卻遍尋不著那傢伙的影子。油然而生的寂寞情感卻如同固執的水蛭一般，甩都甩不掉。

都怪那傢伙，本來我一個人獨自走得好好的，他偏偏過來招惹我。不管怎樣，如果這時候他能出現在我面前就好了，這樣我也不會再耍心機，坦然答應和他做朋友。真是個笨蛋，根本不懂人家的心。哼，到了學校以後，我一定要假裝不認識他！

我走進教室一看，載俊的位子上空無一人。

遲到了嗎？難道是昨晚想我想得太晚？

同學都偷偷瞄向我化妝的臉，這種程度在前一間學校只算是淡妝罷了。為了適應新學校，我已經好一段時間都沒有化妝。其他同學卻以驚嚇的表情望著我，班導師一看到我，眼神又變得凶狠起來，但什麼話都沒說。

我就知道。那女人啊，現在擺出一副「不把妳這種學生放在我眼裡」的表情，打算對我採取徹底忽視的策略是吧？哼，我還求之不得呢！

班導師在朝會的時候說：「今天黃載俊的母親身體不適住院，所以載俊請假一天。放學以後，請班長和副班長去一趟醫院，把上課的作業和交代事項轉達給他。以上。」

哇，他的媽媽病得多嚴重，竟然還要請假？

我不自覺的擔心了起來。平常就聽不太進去的授課內容，今天更是完全無心聆聽。

在這間學校裡，上課時間沒有人敢趴下來睡覺，這點讓我更加不滿。之前的學校如果有不想聽課的同學，老師就會乾脆的允許他們靜靜趴在桌子上睡覺。這裡呢，就算再怎麼討厭上課，若是不筆直坐好，棍子就會飛過來。也只有打瞌睡的同學不多的情況下，才能出現棍子飛過來的場面，如果和之前的學校一樣，班上半數以上的同學都打瞌睡的話，就算是再可怕的老師，也不可能對那麼多的學生一一丟棍子吧？

不過，這裡的學生也沒有多特別，同學照樣會打瞌睡。我靜靜的環視一圈，發現有的人雖然坐得筆直，眼睛卻半睜半閉，偷偷打著瞌睡呢。

哇，簡直是地獄！這樣子睡有多辛苦，我最清楚了。這些同學都很膽怯，凡事採取妥協的態度，之前學校的同學膽子都很大，一副「老師想打就打，我就是要睡！」的模樣。學生全都這個樣子，老師也只好投降。事實上，這不是很合理嗎？不想打瞌睡的同學好好聽課就好，老師也只要花心思在那些同學身上，好好教導他們，不是更有價值嗎？現在學生這副德行又算什麼？所有人都像身處地獄一般和睡魔痛苦交戰，只因為害怕老師的棍子，才努力裝出沒在打瞌睡的樣子。老實說，要是我率先起來反抗老師的話，會變得怎樣，我自己也不知道。不過我也不想這麼做，畢竟被棍子打到終歸不是一件愉快的事。

媽媽總是嚴肅的對我說，我從來不打妳，是因為不想把妳教育成害怕挨打的孩子。不過，我沒有成為害怕挨打的人，卻不是媽媽的緣故。從小沒挨過打的我反而很怕挨打，所以，小時候的我真的是個凡事小心翼翼的乖學生。但不知道從什麼時候開始，我放下了那種生活，開始為所欲為，學校也對我狠下毒手。我是在被毒打過之後，才不怕挨打的。

一開始還有點困難，但被棍子修理一、兩次之後，我變得很耐打，怎麼打都不怕，也不會因此難為情。我是女學生，不是流氓。至少不像這間學校的學生一樣，因為害怕挨打而不敢做自己想做的事情。但我現在覺得一切都很煩，只能靠著觀察誰在打瞌睡，誰沒在打瞌睡，才勉強趕走睡意。

順帶一提，我今天難得在臉上花了點心思才來上學，實在有點可惜。剛才午休時間，班上長得最帥的昌閔走過我身邊時偷看我一眼，我們不小心對上眼睛。他還大吃一驚的轉過頭去，真是一大收穫啊！

這小子，真的長得很帥。

我其實對好看的男孩子沒什麼興趣，但有個帥哥追求我的話，會讓我身價大漲，也是不錯的。再說，帥哥看起來也很賞心悅目，不是嗎？這是相當有面子的事情呢！以後我一定要早點起床，每天在臉上下點功夫再來上學。

放學的路上果然很孤單，我才認識他沒多久，怎麼就變得如此空虛？我不禁對自己生起氣來，有這麼寂寞嗎？這還是以往的萬人迷陳裕美嗎？

然而，寂寞一旦上身，就不會那麼快離開。

真是的，我為什麼趕走自己靠過來的小子？好不容易才有了一個朋友，還差點變成男朋友……

雖然後悔不已，但也覆水難收了。

家裡一個人都沒有，我只好取出鑰匙開門進去。媽媽恰巧輪到派送課外輔導教材的工作，繼父要到「巷口」咖啡館唱歌。繼父雖然是作詞家，卻不是很紅。繼父創作的歌曲從來都沒流行過，光靠作詞，日子是過不下去的。他只好偶爾到咖啡館現場表演，一面彈吉他，一面唱歌。不過，其實也不是常有這種機會。得等到一些熟識的歌手有急事時，才會臨時找繼父代班。

說到熟識的歌手，和繼父相熟的歌手，都只是一些在咖啡館現場演唱的人，從來不會出現在電視或電台。就算自己說可以幫同學拿到簽名，同學也不會稀罕。繼父的歌聲雖然溫柔又纏綿，但是只到這種水準的歌手，是不可能以此維生的。

四歲的弟弟裕賢也去了幼稚園，家裡空無一人。

平常，我喜歡獨自在家，這大概得怪當初我和媽媽兩個人生活時，習慣了獨處的關係吧。我也很喜歡一個人看書，只不過從個性或從學校成績來看，這種喜好都不符合我的形象。尤其我還喜歡看詩集或歌詞集呢！再加上我原本就喜歡國外的流行歌曲，在我差勁的成績裡面，英文可還算得上是中間程度呢。

但是此刻，我一個字也看不下去，好孤單！在學校沒有一個朋友，也找不到一個吸引我的老師。每次到了午餐時間，我都很不自在。因為擔心被同學排擠，我只能硬是挺著胸膛，隨便找個位子坐下來吃飯，但氣氛一點也不愉快。

我真懷念以前的進永女中，不管怎樣，那裡有我的死黨。到哪裡都走在一起的五個同學，對我來說就像姊妹一樣。大家的個性雖然都有點彆扭，彼此都相當合得來。大家都同時有著下擺改短的裙子和長到過膝的老土裙子，每次到了服裝檢查的日子，我們都會在通過檢查後，趕緊脫下老土裙子，然後跑到別班亂逛。無論做什麼事，我們都是集體行動。

當然，我和她們一個月一定會見一次面，也經常以電話連絡。但我住的地方實在太遠，漸漸的也產生了距離感。那些知道我轉到男女同校的學校而嫉妒不已的死黨，如果看到我現在的樣子，心裡一定很痛快。

「唉唷，我真的好孤單！」

即便是對著魚缸裡的金魚，我也想這麼大喊一聲。

六點一到，我就出了家門。媽媽早上一再交代過我，晚上她在公司有聚餐，要我去幼稚園接裕賢回來。我一路拍打著櫻花樹走，花瓣像花雨般落了下來。

我覺得，不管愛情或友情，時機都是很重要的因素。所謂的時機就是：遇到對方的時候，我的心情正處於何種狀態。雖然我無法堅稱這最重要，但絕對算得上是相當重要的因素。

媽媽是在二十四歲，也就是大學畢業後才認識爸爸的。當時媽媽遭到情人背叛，正處於情緒最低潮的時候。媽媽的前男友是個極端自由不羈的男人，認為感情才是最珍貴的，道義什麼的根本不算什麼。當他一喜歡上別的女人，就毫不猶豫的向媽媽坦白，要求分手。媽媽也因為自尊心太強，絲毫不拖泥帶水便答應，把那男人拱手讓人了。

然而，就算我還這麼年輕，對這點也非常清楚，自尊心太強的結果，只會得到一堆令人作嘔的寂寞。所以媽媽才不過二十四歲，就得一個人獨自咀嚼寂寞。

對像媽媽這種哲學系畢業、不愛化妝，身材也不好的女人來說，工作並不太好找。於是那個當下，看起來非常真誠，就算愛上了別的女人也不會離媽媽而去，而且很會賺錢的爸爸出現了。媽媽不愧是哲學系畢業的，她居然為此煩惱多時，矛盾不已。

「我是真的愛他嗎？還是愛上了他的真誠和能力？我自己也搞不清楚。」

當媽媽說著這句話的時候，我實在忍不住笑了出來。媽媽未婚時期那副嚴重陷入矛盾的模樣，生動的浮現在我眼前。媽媽很愛爸爸，但我覺得真誠與能力也是爸爸的一部分，如果切割掉真誠和能力，只剩下爸爸這個「人」，媽媽怎麼可能愛上他。

媽媽那時候很寂寞，心裡受了傷，害怕再被另一個自由不羈的男人傷害。就在這個時間點，誠懇又能幹的爸爸突然出現，媽媽一下子就愛上了他。當然啦，如果爸爸不是一個誠懇的人，也沒什麼能力的話，媽媽也不會愛上他。不管中間經歷了什麼曲折，無論如何，她就是愛上了。愛上一個人，這點才是最重要的。一顆心為了某種原因而煩惱不已，這是只有像阿米巴原蟲的單細胞笨蛋才會做的事情。於是媽媽便和爸爸結婚，但兩人一起生活之後卻又彼此厭惡，最後以離婚收場。正當獨自生活的媽媽覺得煩悶辛苦時，又遇上了和世人完全不同、開朗純真的繼父。

那麼，讓我們倒回時間看看。如果媽媽二十四歲時，出現在她面前的人是繼父，她會愛上繼父嗎？答案是：當然不會！按照媽媽的說法，如果愛一個人是現象與本質的問題，那同樣一個人，不管何時出現都應該會愛上才對。所以我的結論就是：愛情等於時機！從我對這點追根究柢的樣子來看，我一定也有從媽媽身上繼承了哲學系的基因吧，雖然我相當討厭這樣的自己！

我獨自嘻嘻笑到一半，突然抬起腳，將一顆橫擋在腳前的小石頭踢得遠遠的。討厭，平常總是在眼前晃來晃去，真正需要的時候連鬼影都看不到，在我這麼寂寞的時候，就算是黃載俊，只要能出現在我面前，那該有多好？說來說去，他的媽媽為什麼偏偏挑這個時候住院，破壞了大好時機！

就在我胡思亂想時，不知不覺已經來到了幼稚園。

進了幼稚園一看，裕賢還是和平常一樣蹲在角落，默默看著其他小朋友聚在一塊兒玩。不過，他的臉上絲毫沒有流露出淒涼或寂寞的神色，這就是他的個性。真的很好笑，才四歲而已，就一臉「哲學臉」的坐在那裡。

裕賢長得簡直和繼父像是同一個模子印出來似的，行為舉止卻和少根筋的媽媽如出一轍。不過只要一見到我，裕賢又會恢復成天真爛漫的四歲孩子，大喊著「姊姊」向我跑來，這個時候的裕賢真是太可愛了。

「好乖，我們家裕賢今天玩得很開心吧？跟老師說再見，我們要回家了。」

「裕賢有這麼大的姊姊，真是幸福！裕美，路上小心。」幼稚園的老師拍了拍我的背。

我帶著裕賢走出幼稚園大門，往家裡走去。就在我們走進巷子時，在孤燈下拉得長長的一道影子突然擋在我腳下。

心臟撲通撲通的劇烈跳動起來，我緩緩抬起頭。

「妳還有這麼小的弟弟啊？好可愛喔。」

原來是載俊！載俊似乎已經完全忘掉我對他的羞辱，笑著摸摸裕賢的頭。都怪我太寂寞了！載俊出現的時機正好，我高興得根本顧不上要耍小脾氣。不過要從我嘴裡冒出好話，似乎還是很困難的事情。

「你怎麼會在這裡？你媽媽不是住院了嗎？難道你騙人？」

載俊噗哧一聲笑了出來，抬頭看著幼稚園樓上的樓層。那裡掛著大大的招牌，上面寫著「中央補習班」。

「我在那裡補習，離開醫院後才過來的。」

「什麼？學校都請假了，還要去補習班？」

「當然啊，我媽堅持的。我爸出差不在，早上家裡沒其他人，只好由我送媽媽去醫院。」

「噢，你媽還好嗎？」

「明天就可以出院了。」

「是嗎？那太好了。你在這裡補什麼？英文？數學？」

「綜合班！連理化都補。」

「真辛苦。每天都得來嗎？」

「嗯，都快累死了。」

「偶爾也翹一下課吧。」

載俊看著我嘿嘿笑了起來。

「不行！那樣的話我媽又要生病了。」

「就因為兒子翹課？」我還以為載俊跟我說笑，但載俊一臉認真的點了點頭。

「到底什麼病啊？」我繼續問。

「氣喘。」

「就是一直咳個不停的那種病？」

「嗯。」

「那不算什麼大病吧……」

「不能這麼說，惡化的話，後果很可怕。心裡不舒服的時候，氣喘就會變嚴重。」

我本來還想多說一句，但是看到載俊的表情真的很嚴肅，只好不情願的閉上了嘴。

不知何時，載俊已經牽著裕賢的另一隻手，和我們一起走著。

「妳弟弟叫什麼名字啊？」載俊問。

「裕賢。」

「幾歲？」

「四歲，和我一樣屬老虎，生肖同年。他的個性跟我很一樣爛，小心點！」

「哈哈，我如果也有一個年紀這麼小的弟弟就好了。我弟弟也很『爛』，一點也不聽話。就只有『腦袋』大而已。」

載俊馬上就學我說話的語氣，用了「爛」、「腦袋」這兩個詞，但看得出來從來沒說過這些用詞。我忍住偷笑，正眼望著載俊，一個字一個字清楚的說：「如果你．媽．和．你．爸．離．婚，再．和．你．繼．父．生．下．孩．子．的話，你就會有一個比他還小的弟弟啦！」

面對純真的載俊，我又給了他一擊。載俊睜大眼睛，愣愣的望著我。對他來說，我說的每句話、做的每件事，都很不可思議的樣子。嘖，這小孩太乖了！

「我叫陳裕美，他叫崔裕賢。所以說，我們國家的戶籍法[5]應該改一改了。」

---

5 譯注：韓國女性婚後雖不用從夫姓，但子女須從父姓。

「為什麼？」傻楞楞的載俊馬上又天真的問。

「什麼為什麼啊？就因為那無聊的戶籍法，連不相干的陌生人也馬上就知道我們是同母異父的姊弟啊！」

「喔……」載俊這時才裝出好似理解了什麼的樣子。

哼，像你這種傢伙，能聽懂什麼。

「上課有意思嗎？補習班教得好不好？」

載俊連忙搖了搖頭：「我只是單純不想讓我媽發病才上課的，她每天都發脾氣，煩都煩死了。」

「你也該反過來『教育』一下你媽了。我說你啊，是不是從小就聽媽媽的話長大？」

載俊又一次睜大了眼睛，不過他現在大概對自己的反應開始感到不好意思吧，趕緊轉過頭去。

「姊姊，我好睏，揹揹！」這時，裕賢突然喊睏，吵著要人揹他。

「揹什麼揹啊？姊姊這麼瘦，怎麼揹你？乖，加油，自己走，再一下就到家了。」我才說完，載俊就屈起膝蓋，背向裕賢。

「哥哥揹你，乖，上來！」聽到載俊的話，裕賢二話不說馬上趴到他背上。

電影裡常常會看到，有個小孩夾在中間的戀愛通常會有好結果。今天託了裕賢的福，我還真的開眼界了。不過呢，我可沒想要和這呆頭呆腦的傢伙談戀愛。

載俊揹著裕賢，邁開大步往前走。

還真會做好事，我在心裡偷笑，跟著載俊繼續走下去。

我們在二樓的家一片漆黑。

「都這個時間了，還沒人回來嗎？」載俊問完，揹著裕賢走上了二樓。

我用鑰匙開門，一面說：「不好意思啦，幫我把他放到床上吧。現在放他下來的話，會吵醒他的。」

「喔、喔，好、好的。」這小子在亂想什麼，連話都不會說了。

我一走進家門，先打開大燈。燈一亮，黑雨就從角落竄了出來，貼著我的小腿撒嬌。

「哇！這是什麼？」載俊嚇了一大跳，差點放開了揹著裕賢的雙手。

「貓咪啊，你沒見過貓嗎？牠是我家的黑雨，一身黑毛像被黑色的雨淋濕一般，所以叫黑雨。」

「喔，喔。我沒養過貓，所以……」

我趕緊抱起黑雨。黑雨在我懷裡喵喵叫個不停，盯著沒見過的新面孔猛瞧。

載俊小心翼翼的把裕賢放在床上，我放下黑雨，脫掉裕賢的鞋子，再輕輕脫掉他的外衣。

這段時間，黑雨跑到載俊腳邊撒嬌，載俊的臉色當場變得慘白。

「唉唷，真是的，黑雨又不會吃了你，怎麼嚇得臉都白了。我們家黑雨看到陌生人通常不會輕易靠上去，牠對你另眼看待喔！」

「是，是嗎？我小時候看電影，最害怕的就是『黑貓』。」

「哈哈哈，原來如此，我也怕啦！不過我們家黑雨真的很可愛喔，你輕輕摸牠看看。」

載俊整張臉皺了起來，勉強提起勇氣小心的伸出手。在載俊的撫摸下，黑雨舒服得從喉嚨發出呼嚕呼嚕的聲音。

「好了，現在你們兩個是朋友了。聽得懂那個聲音嗎？那是黑雨已經把你當成好朋友的意思。」

載俊的臉上浮起燦爛的笑容，原本只是彎著腰撫摸黑雨，這下乾脆蹲下身子好好揉了黑雨一頓。突然之間，我和根本不熟稔的載俊，像認識了好幾年、一直很親近的朋友似的，兩人之間彷彿沒什麼距離。

裕賢可能真的睏了吧，呼吸規律的沉沉睡著。

「你吃晚飯了嗎？」走出客廳後，我問。

「還沒，現在正要回家吃，吃完還要去補習班。」

「什麼？你還要去補習班？」

「是啊，剛才只上完了英文課而已。」

「你每天還中途回家吃飯？」

「沒有，偶爾而已，平常我都在那棟大樓樓下的麵店吃。今天是因為遇到妳，才走回來的……」

「是嗎？那就在我家吃完晚餐再去補習吧。我現在也剛好要吃飯，我繼父的手藝很好喔！等等，我看看繼父出去前做了什麼東西……太好了，這位環保先生清理過冰箱了！」

載俊看看緊閉的冰箱，又一臉茫然的望著我。

「嗯，我繼父每次清理冰箱後就會煮咖哩飯……他會把從冰箱裡清出來的蔬菜全都放進去。」

我將繼父煮的咖哩飯重新加熱後端出來，一面向載俊解釋，他這才露出理解的表情點了點頭，伴隨著有點害怕的神情。對載俊來說，不管是我的言行舉止或是我家的生活型態，似乎都讓他不知所措。

「快吃，補習要來不及了吧？來，一起吃吧！」因為我一下子變得對他太親切，這個呆瓜嚇到了嗎？

我先拿起湯匙開動以後，載俊這才跟著拿起湯匙，不好意思的說：「謝謝，那我就不客氣了。」

我們吃了一頓美味的晚餐，還品嘗了我泡的咖啡之後，載俊才站了起來，準備出發去補習班。

「連咖啡都泡給你喝了，你可別打瞌睡，好好上課喔！」

「嗯，謝謝，再見！」載俊一走出門，我馬上跑到我的房間，往窗外望去。

沒過多久，就看到載俊從公寓門口走了出來。載俊站在對面的路燈下，愣愣的抬頭望著我們家。我的房間燈關著，他自然看不到我。

在路燈的照耀下，一整片燦爛的櫻花花瓣如雨般紛紛飄落下來，發出白花花的光芒。載俊邊走邊拍打櫻花枝幹，白色的櫻花花瓣在路燈製造出來的光線中，嘩啦啦的飄落下來。

「陳裕美！妳在做什麼？不好好考試，胡思亂想些什麼？」監考老師不知何時醒了過來，突然大喝一聲。看著窗外，沉浸在思緒中的我被這聲音嚇了一跳，只好低頭再度面對考卷。

請將下列岩石按照硬度排列：

一、砂岩　二、石英岩　三、泥岩　四、花崗岩

載俊啊，這真是個無聊的問題，不是嗎？背下這些石頭的硬度又有什麼用呢？你都死了，我最親愛的朋友從世上消失了。如果你的腦袋比花崗岩還硬的話，不，應該說如果那天你戴了安全帽……

我再度湧起對載俊的思念，忍不住鼻酸起來，只能大聲的擤了擤鼻子。

「好了，同學們加快速度，只剩下五分鐘。」

在老師的催促下，我也懶得看題目，在答案卡上隨便畫下答案。

鐘聲響起，我全身虛脫。

應該考得上高中吧？算了，就算考不上又怎樣？載俊都死了，我還得像別人一樣非去上那苦不堪言的學不可嗎？我的好朋友都死了、消失了，再也不會出現……

一考完試，就得開始打掃。

挪開桌子打掃到一半，我突然看到置物箱上的名牌寫著「黃載俊」三個字。載俊都已經離開兩個月了，怎麼到處都還留有他的痕跡。我趕緊別過頭去。

是時候該讀那本日記了。明天考試就會結束，等考完試一定要開始讀它。

拿起大拖把拖著教室地板時，我的腦子裡只有這個想法。藍色封面的日記本，我連封面都還沒打開。從載俊母親手裡接過那本日記本到現在，轉眼已經過了四天，我甚至根本不敢翻開。考完試再看，不過是個藉口罷了。

我到底在害怕什麼？

遠遠的前方，我看到鄭素希站在那裡，大概在等隔壁班的同學吧。素希一天比一天變得更漂亮，更會裝模作樣，也更會撩撥男同學的心。素希的腦子裡大概早就沒有載俊的存在了吧。

當然，當初大家聽到載俊過世的消息時都十分驚訝，有人還哭了出來，素希也是其中之一。葬禮上，素希的臉白得像一張紙，沉浸在悲傷裡。或許她心裡也曾短暫的為自己拒絕了載俊的愛意而悲慟吧。如果是我死了的話，魏廷河也會這樣嗎？

然而，這只是極為短暫的時間而已。現在素希臉上一點都看不到對載俊的遺憾或思念。這也是理所當然的事情，素希一點錯都沒有。對素希而言，載俊只是她眾多追求者之一罷了。他們之間沒有什麼共同的回憶，彼此也不怎麼了解。而載俊卻是我在世上獨一無二、最親密的朋友，我們一起哭、一起笑。但這一切也只留在我一個人的記憶裡而已。

打掃完畢，我收拾好書包正想走出教室，眼光不期然又飄到置物櫃上載俊的名牌。突然間，我想起了在碧蹄[6]火葬場裡、和置物櫃一模一樣的窄小納骨櫃，還有被關在裡面的載俊骨灰。雖然能夠理解載俊的家人想要以這種方式將骨灰放在近處，時不時就能前去探望的想法，但那有多鬱悶啊！我忍不住焦急起來。載俊騎著摩托車飛上天，落下後粉身碎骨，先裝在棺材裡，被烈火燒得剩下沒幾根骨頭，接著又放進缽裡，就像媽媽做泡菜時搗碎的蒜頭一樣，搗成了粉後再封進缸子裡，最後放進比教室置物櫃還要狹窄的納骨櫃中。想到這裡，我心底的某個角落又開始鬱悶起來。

怎麼能這麼做？怎麼能這麼做？像載俊這麼善良的孩子，一個才不過十六歲的男孩，怎麼可以在某天突然死掉，消失無蹤呢？原本流著鮮血、心臟撲通撲通跳動的身體，怎麼會突然之間只剩下搗成粉裝在缽裡的骨灰呢？

我甩了甩頭，身體深處有什麼湧了上來——那是一股說是悲傷，卻更像是憤怒的火焰。

世上如果有神，我真想扭斷他的脖子。

我怨恨的說著，吐出滿心的憤怒。

為什麼神要帶給人們死亡？如果不得已一定要有死亡的話，那也該按照出生順序，一批批帶走才對啊！為什麼要有這麼冤枉的死亡？這令人難以理解的決定，讓我忍不住火冒三丈。

我走近置物櫃。

黃載俊。

---

6 譯注：韓國京畿道附近的小城。

再次呼喊這個名字，彷彿有人拿了一把匕首刺進我胸膛之後再用力扭動一般，痛得難以忍受。「嗚嗚……」我的口中冒出低吟。幸好同學們全都在大聲聊著天，我的哀號也埋進了吵鬧聲中。

我從置物櫃上抽出寫著黃載俊的名牌。

將你關起來的地方，只有一個狹窄的納骨櫃就夠了，現在你從這裡解放出來了。載俊啊，走吧，揮揮衣袖，什麼都不要想，知道了吧……

同學嘩的一湧而出，我無力的跟著大家走出了教室。

明天還要考英文、國文和社會科，如果不想像今天一樣考得亂七八糟的話，就得好好用功了。

One day my friend Jaejun died.

He was my best friend.

He flied to the sky..... forever......

（有一天我的朋友載俊死了。他是我最好的朋友。他飛到天上去了……永遠的……）

不經意的，像在哼歌一樣，我的嘴裡冒出了這樣的歌詞。

第三章　終於翻開扉頁

「寶貝女兒，考試考得好嗎？」我一回到家，繼父就高興的迎了上來。繼父通常都在家裡工作，偶爾才出門演唱。但他傍晚才會出去，只要我早點放學回家，繼父總會在家裡迎接我。

「我怕考得太好，萬一繼父和媽媽激動過頭昏倒了，那可怎麼辦？裕賢睡了嗎？」

「嗯，跟我玩了好一陣子樂高積木，玩著玩著就倒頭睡著了。真的太好笑了……哈哈哈。」繼父邊說邊趕緊準備午餐給我吃。香噴噴的大醬湯、新鮮生菜加小黃瓜、糯米椒，還有一塊烤鯖魚，很快的全擺上了桌。

「裕美，試一下這生菜，是繼父的朋友從農場直接摘過來的，說是有機生菜。」繼父一定已經很睏了，卻用著毫無倦意的開朗聲音說話。他昨晚一定整夜沒睡，早上回來也只稍稍闔了一下眼睛，就一直在照顧裕賢吧。

「繼父你也一起吃吧。」

「不用了，我要去睡覺。好不容易裕賢睡了，我也要好好休息一會兒。妳快吃吧。」

「你快去休息吧，我等一下會清理碗盤。」不知不覺中，繼父眼裡滿是倦意，幫我弄好飯以後，他整個人才總算放鬆了下來。

我靜靜的望著繼父邊打哈欠邊走進臥室的背影，開始吃起飯來。

我絕對不會喊繼父「爸爸」，一定是稱呼他「繼父」。若是有外人在，這樣的稱呼就不太合適，我會乾脆省掉稱呼。繼父也一樣自稱「繼父」，對於我不稱他為「爸爸」絲毫不在意。

「這樣才能跟妳原來的父親區分開來，非常合理的稱呼。再說，比起舊的來說，我本來就喜歡新的東西。」繼父這麼解釋。而在裕賢的面前，他也會很合理的說自己是「爸爸」，因為裕賢是繼父和媽媽的孩子。

這也是我對親生父親能盡到的義氣。如果有人問我，比起繼父，我是不是比較喜歡親生父親？坦白說，我無法回答，因為連我也不清楚自己的心。繼父每天早上一定會為我準備早餐，這都要怪早上爬不起來的媽媽，在繼父工作了整晚回來後還在蒙頭大睡的關係。一開始，繼父每天早上都會幫我張羅早飯，讓我覺得很有負擔。後來習慣了以後，我開始能自在的吃著早飯，因為在我看來，繼父似乎也相當樂在其中。不過，我總是會對繼父的親生女兒感到抱歉。聽說，繼父也有一個和我同年的女兒。

以前有一天的早餐時間，我曾經提起這個話題。

「繼父，你放著自己真正的女兒不照顧，反而為我做這些事情，心裡會不會很難過？我媽媽還那樣呼呼大睡的……」

老實說，當我想到如果我的親生父親像繼父一樣，這麼對待另一個女孩，我的五臟六腑就會痛得全揪在一起。雖然我的親生父親本來就是個從來不進廚房的人，這種事情當然也不可能發生。繼父聽了我的話，露出十分驚訝的表情，眼睛瞪得跟大糖球似的看著我。但繼父馬上將大糖球似的眼睛恢復到原來只有鍋巴糖的大小，嘴角噙著笑容說：「哈哈，裕美說話直來直往，跟妳媽一模一樣，連這種話都問得出來。當然會啊，雖然還是會想著我的寶貝女兒閔希現在在吃什麼，不過不會難過。我的女兒閔希，她的媽媽將她照顧得很好，不需要我幫她準備早餐。我是有著貪睡鬼媽媽的可憐裕美才需要的繼父！」

聽到這番話，真是讓我毫無招架之力。我喜歡繼父。一定是這種灑脫開朗的個性，才深深吸引了總是憂鬱不已、笨手笨腳，常陷入無謂煩惱的媽媽。每次和繼父說完話，心情都開闊了起來。

「話說回來，以前沒有繼父的時候，我常常連早飯都沒得吃就去上學呢。」

有時候，我也會和繼父一起說媽媽的壞話，或是嘀嘀咕咕的向繼父傾訴學校的事。

被二年級的班導師盯上的那天，我也把將班導師吵架的事情一五一十的告訴了繼父。

「真過分，她自己都穿了耳洞、戴耳環，還敢說我以後會成為酒店小姐。那是一個老師可以說的話嗎？」

「嗯……」繼父說完悶不作聲。我可以想像此刻繼父心裡的矛盾，他內心處於身為父親該說的話和自己真正的想法之間，不停的拉鋸。

「沒錯，你們老師確實不夠成熟，還說出什麼酒店小姐這種話，真是沒資格做老師。裕美，我認為如果大人做了不是壞事，那小孩做了也不是壞事。如果小孩做了是壞事，那麼大人做了也是壞事。所以，小孩不可以穿耳洞，這種規矩應該取消才對。但是因為你們年紀還小，沒辦法為自己所做的事情負責，學校才會認為不顧一切的只想把學生保護好。雖然這多少有點過度保護，但學校將打耳洞、染頭髮當作壞學生的象徵，才會禁止你們做。」

噗哧，我忍不住笑出來，這番話和平常繼父說話的語氣完全不同，有種語重心長的感覺。

「唉唷，又開始嘮叨了，怕人家不知道你是父親啊。」

聽我這麼說，繼父的嘴裡冒出爽朗的笑聲。

「哈哈，如何？很像親生父親吧？」繼父像要掩飾自己的難為情似的，故意用笑聲蒙混過去。

不過，我其實也是為了想聽點嘮叨才會說出這件事的。媽媽和爸爸從來不對我嘮叨，他們自己的問題已經夠嚴重了，根本顧及不了我這些微不足道的小事。某種程度的嘮叨，對我來說也是一種關心的表現。不過，嘮叨也有高下之分，班導師的嘮叨，簡單來說就是低級。如果能像繼父這樣好好溝通的話，我也不會那麼惡毒的回嗆了！我在心裡這麼想。

「對了，班導師還叫媽媽去學校。我媽去學校的話，那就真的精采了。」

繼父彷彿想像了一下那情景，忍不住再度爆出笑聲。

「哈哈，想跟妳媽解釋穿耳洞是不對的，我看那老師可能自己會先氣昏吧。」

我也想像了一下媽媽坐在滔滔不絕辯解的老師面前，一臉難以理解為什麼穿耳洞是不對的迷糊表情。再加上媽媽是那種不管什麼事情一定要搞到自己真的理解了，才肯善罷甘休的人。想到媽媽可能會對老師投出轟炸似的質問，我就更想笑了。這種場面只有我一人獨享，真是太可惜了。

「就是嘛，媽媽沒辦法去，真是太遺憾了。」

「那裕美，繼父代替媽媽去可以嗎？」

「不用了，不用。我就說媽媽要在家裡照顧小孩，沒空來就行了。大不了讓老師發一場脾氣，血壓升高了一點而已。」

媽媽每週一、三、五都要出去擔任課外輔導老師。兒童的哲學課外輔導，對媽媽真是再合適不過了。不過會和哲學老師上課的孩子，一定都有什麼莫名其妙的煩惱吧。如果讓冥頑不靈的老師和我媽這樣的人見面，會發生什麼事情呢？大概會比搞笑劇更好笑吧。

班導師提了好幾次的課後輔導，我都藉口必須在家照顧年幼的弟弟，沒辦法去。於是班導師在仔細調查了我的家庭環境後，就沒再說過什麼了。我很清楚，班導師會以何種方式將我輸入進她的腦袋裡：不但出自父母離婚又再婚的家庭，還是再婚夫妻，甚至不害臊的老來得子的問題家庭。

班導師一定已經認定我是來自極度惡劣家庭的孩子，乾脆連輔導都省了，直接蓋上問題學生的印章。如此一來，我的生活反而更自在。從那之後，班導師對我的行動一概不干涉，只是一心想著該怎麼做，才能將一顆壞蘋果放得離好蘋果遠一點。她知道我是獨行俠，不會去帶壞別的學生，所以不管我做了什麼事情，她只要表現出「我根本懶得理妳」的態度，徹底無視就行。這樣雖然有些寂寞，但很自由，最重要的是我有載俊，就可以克服一切的心酸。

事實上，我也不是從小就性格彆扭。至少小學的時候，我還是乖巧的學生。是從什麼時候開始，我的個性才開始變得這麼扭曲呢？

小時候，我覺得自己是非常平凡的孩子，所有的一切都和周遭同學差不多。我住在和大家差不多一樣的社區；差不多大小的高層住宅裡；是爸媽的獨生女，過著和大家差不多的生活。也和別人家一樣，每到週日，就會全家到遊樂園玩，或是出去吃飯；平常日的時候，爸爸去公司上班，媽媽在家做家事。

不過，媽媽多少還是和別人家的媽媽有點不一樣。媽媽不管做什麼事情，都是慌慌張張，一副趕時間的樣子。並非她想利用省下的時間再做些其他事，媽媽看起來，總是魂不守舍。每次我從幼稚園或學校回來，嘀嘀咕咕說著學校事情的時候，媽媽只是面帶微笑，靜靜的看著我。我喜歡媽媽靜靜的笑容，於是很努力的說著話，後來才發現，媽媽根本一點也不記得我說過了什麼，她根本沒在聽我說話。每當如此，我就有種寂寞到背脊發涼的感覺。

「妳就是腦袋少根筋的人。」爸爸指著媽媽，嫌惡的說。

有天晚上，我因為想上廁所而醒來時，從主臥室的門縫裡聽到爸爸低沉卻憤怒的聲音。

「到底要我怎麼做？像妳這種女人，我真的搞不懂！」雖然那時我還小，但聽到那句話時不寒而慄的感覺，我還記憶猶新。我能深刻理解爸爸當時的感覺，我想，爸爸跟我一樣寂寞。

就算發生那樣的事情，我們還是一個極端平凡的家庭。還是一樣每到週日，就會全家到遊樂園玩，或是出去吃飯；平常日的時候，爸爸去公司上班，媽媽在家做家事。

然而，家裡的氣氛卻帶著點冰冷。不對，與其說冰冷，不如說流動著一股乾燥、荒涼的氣息。爸爸媽媽在我面前，雖然表現得和別人家的爸媽一樣，但總讓我有種在演戲的錯覺。

在我小學三年級的時候，有一天，爸爸來到學校門口等我，帶我去餐廳，吃了一頓很美味的晚餐，然後對我說：「對不起！爸爸和媽媽決定離婚。但爸爸認為，裕美長大以後一定能理解。爸爸和媽媽愛妳的心一點都沒有改變。裕美，媽媽想跟妳一起生活，但爸爸實在沒辦法將妳交給妳媽照顧。妳跟爸爸一起住，好嗎？」

我默默的切著牛排，細嚼慢嚥直到吞下最後一塊，彷彿早知道會有這麼一天的到來，十分泰然自若。

直到走出餐廳時，我始終沒開口說一句話，爸爸也沒再多說什麼。爸爸牽著我的手，我只是低著頭，默默的走著。

當走到我們住的高層住宅前面時，我抬頭問爸爸：「我們現在的家會讓誰住？」

爸爸低頭望著我說：「這個家說好了給媽媽住，爸爸已經在離這裡不遠的地方找了另外一間公寓，不用換學校。進去和媽媽打個招呼，就跟爸爸回家。啊，不然晚幾天再過去也可以。」

為什麼是這樣的父母生下了我？那時在我腦子裡浮現的，就是如此的想法。就算在學校要換個坐在隔壁的同學，也沒這麼簡單。當然，爸爸和媽媽一定已經為此討論過很多次，但對我來說，卻像是青天霹靂。像電視裡演的摔盤子、兩人打來打去、大吼大叫的激烈場面，家裡一次也沒有發生過。爸爸和媽媽就這麼靜悄悄的結束了所有事情，甚至連一點心理準備的時間都沒有給我。然後現在，就突然要我決定和誰住。

我討厭媽媽，也討厭爸爸，我只想趕快長大，就可以一個人住了。但當時的我只不過是小學生，只能選擇和某個人一起住。

「我要住在這個家。」我這麼回答，而不是說要和媽媽一起住。有人說，貓咪不是跟著主人，而是跟著房子。所以就算主人搬家了，牠們還是想留在那間房子裡。我就像貓兒一樣選擇了房子，選擇了一直住習慣了的家。

你們要離婚就隨便你們，自己高興就好。我只要住在這個家裡面就行了。

我在心裡如此自言自語。或許從那之後，我就關閉了自己的心。那時候我才發現，無論大人也好，這個世界也好，連一點準備的時間都不施捨，突然給了我致命一擊。我不想受傷害，所以從此對任何人都不願敞開心門。

那是我小時候受到的第一次衝擊。

但是我不想將自己性格變得扭曲的責任推到那上頭去。當然，如果那樣做的話，所有的一切都會變得很簡單。人們都會用著理解的眼神，點頭同意。但那卻不是真相，那只不過是將我的事情歸咎到別人身上的一個藉口，多少有點卑鄙。

沒錯！至少我不想成為卑鄙的人，所以我不想那麼說。真正的答案是：我自己也不知道。爸媽離婚的事情雖然算得上是一個開端，但除此之外還混雜著其他各種原因，才造就了現在的我。

無論如何，小學三年級時爸爸和媽媽離婚，我和媽媽兩個人一起生活。爸爸當然偶爾也會過來探望我，陪我一起玩。但是過了不久，爸爸就再婚了。他結婚以後，偶爾才會和我連絡。聽說和爸爸再婚的女人也有個年紀和我差不多大的女兒，或許正因為如此，我才會問繼父那種問題。

媽媽和我的兩人生活也沒有持續太久，媽媽是那種沒辦法一個人過日子的人。和爸爸離婚之後，媽媽就開始外出工作。媽媽不只當國語科的輔導老師，也從事保險員的工作。但是媽媽不管從事哪種工作，都做不出什麼成果來。只要碰到一點傷了自尊心的事情，當天就會辭職不幹。到了最後，甚至看到連三百塊錢都不到的水電費收費通知單，都要嘆一口氣。

「讀哲學真是一點用都沒有，根本找不到什麼工作。」有一天，哲學系出身的媽媽用著鬱悶的聲音說。

爸爸幫了一部分的忙，讓我們的生活還勉為其難的過下去。直到有一天，媽媽認識了現在的繼父，兩人結婚了。然後，還在年紀一大把的時候生了孩子……

這種事情，從來沒有在我的同學身上發生過。

但是我喜歡繼父，弟弟裕賢也很可愛。我喜歡繼父，因為他是個從來不會自命不凡的大人。當然，繼父偶爾也會擺出爸爸的架式，嘮嘮叨叨或說教什麼的，但馬上自己又會覺得不好意思。有時我甚至覺得，繼父比親生爸爸更了解我。至於愛不愛我就不知道了，不管是誰，都會覺得「愛」應該給自己的親生子女才對吧，我這麼想著，又想到：那麼，難以理解的愛到底什麼是呢？我一昧的胡思亂想，腦子裡變得更複雜。

算了！不管過去如何，反正我的親生爸爸已經不太會想起我了。我看，他大概忙著過新的家庭生活吧。我可以理解，連我自己的心都已經有了變化，想必爸爸也是一樣的吧？我完全可以諒解！

我那憂鬱的媽媽開始變得愛笑，這真是一件很神奇的事情。認識了繼父以後，媽媽真的變得愛笑多了。而且現在，不管我說什麼話，她都會認真聽進去。

二年級的時候突然轉學到這裡，是因為發生了必須搬到這間房子的事情。媽媽急需要錢，只好將原來住的那間公寓包租[7]給別人，又正好有認識的人願意將這間房子便宜承租給我們，於是便搬了過來。

這間房子雖然沒有以前住的公寓好，但已經算不錯的了。不過這地段在這一帶算是相當有名的豪宅區，而我們的公寓可說是最寒酸的建築。我討厭相對

7 譯注：韓國特有的租賃方式，屋主先向租客收取約三分之二的房價作為押金，不另外收月租金，退租時退還所有押金。

變成窮人的感覺，同學都分別住在繞著學校周圍蓋的三座大型高級社區裡。只有我住的是「一般公寓」，這種差別很大。

我小時候選擇房子住，其實是非常正確的決定。現在竟然沒辦法再住在那裡，只能搬到這種地方來。

雖然不知不覺會冒出這種想法，但我最討厭舊事重提，我只想過著又酷又精采的生活，但人生總是不讓人稱心如意，唉。

我大概太餓了，享用完午飯後便站了起來。洗好碗、倒扣擺好之後，肚子也飽了，全身變得懶洋洋的。

不然我也先睡個覺，再起來看書吧。

輕輕推開主臥房的門一看，繼父和裕賢已經沉沉入睡。同一個模子裡印出來的兩張臉孔，相互依偎睡著的樣子，我偷偷笑了出來。

同一個模子裡印出來的兩張臉孔。我突然想起了載俊的弟弟仁俊。

醫院裡的太平間，一點都不真實的奇異場景。

那是不應該發生的事情，絕對不應該發生，那不是真的，不應該是真的。

我第二天早上才知道消息，趕往太平間的時候，腦子裡亂成一團。那個時候的事情，我一生都忘不了。當我走在通往地下室太平間的階梯時，映入眼中的景象都變得相當古怪。階梯上站滿了孩子，穿著校服，年紀不過十五、六歲的孩子。他們一臉稚氣的模樣，即使身處其中的我來看，都和這個死亡的場所太不相配了。可是彷彿有人掐著我的脖子似的，令我喘不過氣來。

為什麼這麼可怕？

好像在做夢似的，但這種夢也未免太恐怖了。

黑暗中站滿人群的地下階梯，同學們稚氣未脫的模樣、白色的校服、令人窒息的焚香味道。原本即使是上課時間也閉不了嘴的同學，瞬間全都像失去了聲音似的，保持沉默……

同學們用力屏住呼吸的聲音，反而更像是巨大的哀嚎，為什麼呢？我怎麼覺得鼓膜都快刺破了。

全身開始汗如雨下，好不容易才踏下一階又一階的階梯。

拜託這只是夢，這一切都只是個噩夢，這是不應該發生的事情，不應該發生的事情……

孩子一直排列下去，這麼多的孩子到底是從哪裡來的？穿著相同的校服，有著同樣悲傷表情的這些孩子，彷彿沒有盡頭似的排著長長的隊伍。

一個同學抓住了我的手臂，帶我進了某個房間裡。

一走進那個房間，彷彿被打破的釭子般，哭聲如瀑布般奔湧而出。遺照裡，載俊像是一個不諳世事的孩子般天真的笑著。

有人在我手裡塞了一朵菊花，我將菊花放在遺照前，然後轉過身來。到此為止，我都沒有哭，這所有的一切都沒有什麼真實感。

然而，就在我獻花後轉身的這一刻。

「啊！」我嚇到差點停止呼吸。

載俊就站在那裡，穿著鬆垮垮黑色西裝的載俊。

但是，當我再次看過去，那個滿臉淚痕的孩子長得就像縮小版的載俊，是和載俊長得一模一樣的弟弟仁俊。

原來，他就是仁俊啊！

雖然去他家玩過幾次，但我一次都沒有遇到仁俊。我靜靜望著那孩子的臉，載俊的弟弟穿著不合身的黑色西裝，眼淚直流的站在那裡。我再也忍耐不住，只能低著頭跑出靈堂，淚水一滴滴的掉個不停。跑出醫院之後，我才發現整個街道都被雨水淋濕。大雨下個不停，為我掩蓋住眼淚。

回憶中斷，我甩了甩頭，覺得眼淚又要流出來。我盡量不吵醒睡著的兩個人，輕輕關上門。

我回到自己的房間，關上門，把窗戶開得大大的，接著點起放在書桌上的蠟燭，從抽屜深處挖出香菸。載俊死了以後，我變得經常抽菸。我曾在以前的學校裡，和死黨聚在一起鬧著玩的抽過菸。大家都裝模作樣的抽著菸，比比看誰的樣子最酷。

不過那時候都只是做做樣子而已，現在卻不一樣。每次想到載俊的死，就好像有人在我血管裡撒了石灰粉一樣，整個胸口都悶得難受。能安撫這種心情的，如今就只有這個了。我的手自然的伸向菸盒，看來在不知不覺中，已經成了無法擺脫的習慣。載俊很討厭我抽菸，就算有時我好玩的吸兩口菸，載俊也會皺緊雙眉。

「因為我是女生，所以不能吸菸嗎？」

每次當我挑釁反問，載俊就會板著臉說：「不是的！我也不吸菸啊！妳長大以後再抽就沒關係，但現在我們還小啊！我覺得我媽會得氣喘病，一半以上的原因都要怪我爸是個老菸槍。一想到這裡我就生氣。明明是我爸在吸菸，為什麼我媽就得無辜受罪？我覺得我媽好可憐，我爸好可惡。所以我對香菸做了一番調查。小時候吸菸真的很致命，而且是無法挽回的。我媽常說，不要做無可挽回的事情。裕美，我希望妳健康，生病一點也不浪漫。」

這種時候，載俊就不是平常單純天真的載俊，我能完整的感受到他的憤怒。或許因為他是一個極度同情母親的孩子，才會更憤怒吧。

但是，載俊你啊，才真的做了無法挽回的事情。你知道嗎？我一直阻止你，叫你不要騎摩托車，千交代萬交代的拜託你，你為什麼還要騎？你騎了就沒事嗎？偏偏就這樣騎上了死亡之路，不是嗎？死亡，才是真的無法挽回的事情；死亡，才是真的一點都不浪漫。所以你沒有立場說話，我吸不吸菸都與你無關。我真的不知道活著是為了什麼，只要一想到你，我就忍不住火冒三丈。比香菸的煙霧更難受的，是五臟俱焚的感覺。它能讓我心情平復下來，就算無法挽回健康也無所謂。

我拿出英文課本。考試的範圍有五課，我心裡想著好歹看看閱讀測驗吧，腦子裡卻一片空白。

算了，還不如讀讀載俊的日記本吧。

我從彈簧墊下面拿出藍色封面的日記本，我不希望有人在我翻開之前碰到它，所以才藏了起來。

翻開封面，之前讓我忍不住驚愕的詞句又出現在我面前。

有一天我死了，
我的死有什麼意義？

現在重讀這兩句話，心裡已經好多了。讀著這兩句話，反而有種載俊在跟我說話的感覺，心裡很高興。因為這是死者說話的語氣，感覺格外強烈。

我深深的吸了一口菸之後，才又翻過一頁。

三月十三日（星期四）

我終於開始在裕美送我的日記本上寫日記。

本來打算從新年一到便開始寫，但原本我就對日記的觀感不佳，才一直拖延到現在。

不過今天體育課的時候，在打打鬧鬧中，我突然有個很好的想法。

我和同學現在熱中於「屍體遊戲」。每次玩屍體遊戲，班上沒人比我更厲害。我可以模仿各式各樣屍體的樣子，同學看了都捧腹大笑。溺死的屍體、被槍射中倒下的屍體、頤享天年死了的屍體、暴露在輻射下立刻僵硬而死的屍體，連上體育課倒吊單槓，我都能模仿成魷魚屍體！

屍體遊戲是最近我們最喜歡玩的遊戲，不管什麼時候都能玩得很開心。我不僅擅長模仿，還比任何人都能長時間維持不動，每次都能在遊戲裡拿到最高的分數。

可是剛才躺在沙地上，模仿在沙漠裡渴死的屍體時，心中突然升起一股奇怪的感受。難道是因為陽光太熾熱的關係？我有種真的成了死屍的感覺，想動動身體，身體卻彷彿不聽使喚。一想到這裡，我突然很害怕。如果我真的想動身體卻動彈不得的話，會是什麼樣的感覺呢？

當然，這是我一時的想法而已。但有了這種想法之後，連灑在緊閉眼皮上的陽光，傳到我雙耳裡的同學笑鬧聲，都突然變得完全不一樣了。

「起來！起來，載俊！」因為我一動也不動的躺太久了，同學開始不停搖晃我，以為我被晒昏頭。

對同學有點不好意思，我趕緊爬了起來，同學都用著一臉「幸好」的表情歡迎我。

我有種死而復生的感覺，腦中升起以玩屍體遊戲的心情活在世上，似乎也很有意思的想法。也就是說，假裝自己已經死了，以這個角度來看待一切的事情。如此一來，世上的一切會不會都變得更加珍貴呢？

以後，我就假裝自己已經死掉好了。意義是什麼？其實我根本沒多想，只覺得這麼寫很酷而已。反正我就是當作自己有一天死了，把自己想成一個死去的身體，過完國中的最後一個學年。我沒想要把這個遊戲帶到高中去，那時候如果還玩遊戲的話，就無法好好準備無聊的大學入學考試了，也沒什麼意義。

哇，一定很有趣！我就從今天開始好了，即使是最容易打瞌睡的第五節課，也可以把眼睛睜得大大的，開心的聽講。對一個死人來說，什麼都很有意思的樣子。哈哈！而且，我竟然寫了這麼長的一篇日記，真為自己感到驕傲，哈哈！

我一口氣讀完第一天的日記，愣愣的坐著。現在終於知道為什麼載俊會將「有一天我死了」這種類似預言的不吉利句子寫在日記本第一頁了。幸好，載俊是出於這種原因，而不是因為有了想要自殺的衝動之類的。幸好？什麼幸好啊？載俊真的有一天死掉了，不是嗎？

心裡說不出是什麼味道，這孩子為什麼沒事玩這種遊戲呢？什麼是把自己當成死人的遊戲？一點都不知道自己連國中最後一學年都上不到一半就死了，竟然還玩這種遊戲！

我突然看了四周一眼，彷彿載俊現在正在附近哪處玩著這遊戲似的。怎麼會這樣？原本只是他在世時的一個假想遊戲而已，現在竟成了現實。

載俊真的很會玩屍體遊戲，他來我家的時候，我們也常玩那個遊戲。兩個人一起躺在地板上閉上眼睛，裝成死掉的樣子。一點都不能動，即使黑雨過來舔臉頰，也不可以動。誰先受不了起來的話就算輸了，而每次輸的都是我。

「你究竟怎麼做到的，可以那麼長時間一動也不動？難道不覺得很憋嗎？」

有一次我這麼問他的時候，載俊回答說：「這個遊戲玩得好不好，差別在於是享受還是忍耐。如果是享受的話，再久也撐得下去。但如果只是忍耐，就一會兒也撐不了。這就是祕訣！」

他說這話的時候，看起來真酷，簡直像換了個人似的。我噗哧一笑，心裡這麼想。

儘管如此，我真沒想到載俊會產生這樣的念頭。我以為他什麼事情都會和我分享，但這些話他卻從來沒掛在嘴上。載俊一定也有一些自己的祕密，只想深深放在心底。

我擔心自己會悲傷不已，眼淚直流，才一直不敢碰觸日記本。現在這樣的開始還不錯，讀了日記之後，反而能忘記載俊已死的事實。我的心好久不曾如此輕鬆，就像是載俊還活著，正享受著這個遊戲似的。

你現在一定還在玩屍體遊戲吧？一面享受著，對不對？

我看了房間一圈，心裡如此說著。但突然間，眼前浮現載俊的棺材被火焚燒的情景。如果載俊還在玩屍體遊戲，那時他就是活生生的被火燃燒，那是不可能的事情。就算身體被火燒光了，你的靈魂現在也還活著吧。你只是在裝死，對吧？

我熄掉手指上的香菸，把剩下的菸丟進角落的垃圾桶。感覺載俊就在我身邊，我不想做他討厭的事情。

現在，我要正式開始閱讀載俊的日記，就像和分別多日的情人見面似的，心情忐忑不安。我對自己所不知道的載俊，也很好奇。

我打開光碟機，播放和載俊一起看的《魔法公主》[8]音樂原聲帶，仰躺在床上，雙手舉起日記本，翻開下一頁。

三月十四日（星期五）

真的很有意思，我總算領悟到「啊，活著原來是這麼回事」的一天。懷著一種死人的心情度過了今天。真是令人開心！這才算真正的屍體遊戲，和假裝成屍體完全不一樣。

當我早上醒過來時，我就已經死了。想到這點，眼前所展開的這一天，便變得無比珍貴。連原本那麼討厭的學校，也恨不得馬上跑去上課。

8　譯注：《魔法公主》，宮崎駿動畫電影。

一早開始就不停嘮叨要好好用功的爸爸，也變得很有趣。連偷穿我新買的NIKE運動鞋、沾滿泥巴回來的仁俊，我也可以原諒。因為我想到自己都死了，死了的人還要什麼NIKE運動鞋。

不過，在學校門口碰到鄭素希時，我的臉一下子就紅了起來。就算我當自己死了，也無法讓自己不臉紅。為什麼我只要看到她，就全身動彈不得呢？

「過得還好嗎？聽說你們班導師一點也不凶？」

鄭素希溫柔的笑著跟我打招呼，深信我還對她念念不忘的自信和滿是同情的態度。我只能像個笨蛋一樣，含糊的回話。最近傳聞鄭素希和劍道部的金震交往……金震這小子，運氣真好。唉。

我才該嘆一聲「唉」呢！沒長腦袋的傢伙，鄭素希有什麼好的？就會裝模作樣，只不過長得好看一點而已，其他什麼都沒有。你這個笨蛋，白痴！如果載俊就在身邊，我一定狠狠揍他。但是，載俊不在我身邊……

三月十六日（星期日）

今天去裕美家玩，還一起擬好讀書計畫。寫好計畫之後，我們再互相確認。說好了裕美教我英文，我教裕美數學。這話要是讓人聽到了，一定笑到肚子疼。因為我的數學和裕美的英文成績其實也沒多好，頂多就是我們兩人之間誰比誰好的程度罷了。呵呵。有什麼關係，兩人一起摸索，再慢慢一起進步，這才是最重要的。

屍體遊戲，不對，該說是死亡遊戲。唉呀，就沒有更酷的說法嗎？好吧，那就說是死靈遊戲好了，這似乎帥氣一點。死靈遊戲沒有想像中那麼順利，前三天還能時時抱著那樣的想法生活，之後就變得有點索然無味，常常會忘記。也就是說，我過著死了又活，活了又死的日子！

不過有些時候，我也會突然浮起這樣的想法。啊，如果我死了，再看到這般景象，心情會是如何呢？

一天二十四小時，要一直裝死也不是一件容易的事情。這麼裝下來，那彷彿也成了一種生活，感動因此變得遲鈍。真正死了的人也是一樣嗎？凡事一再重覆的話，就會成了習慣，最後變得索然無味。

從今以後，每天就算只有一次，我也要把死靈遊戲的內容寫在這裡。

三月十七日（星期一）

今天發生了一件事情。

數學課的時候我好睏，就開始東張西望，看到了裕美。裕美果然托著腮在打瞌睡（盡可能的假裝沒睡著）。

我的胸口開始發悶。看著裕美逗趣的模樣，我卻胸口一陣悶，是因為想起自己已經死掉的關係。

如果我死了，裕美會有多難過啊？不對，應該說我死了，見不到裕美，我會有多孤單啊？一想到這裡，我的心裡就亂成一團。我們雖然才認識不過一年，但對我來說，裕美是無比珍貴的朋友。我比世界上任何人都喜歡裕美，也尊敬她。

我雖然心儀鄭素希，但如果裕美和素希一起掉進水裡，我一定毫不猶豫的選擇救裕美，就算這麼做會有些心痛。

突然間，淚水在眼眶裡打轉。想到裕美會因為我死了而難過的樣子，我也很難過。想到自己死了以後沒法再和裕美見面會有多傷心，我又再度難過了起來。我揉著眼睛拭去淚水，沒想到數學老師的粉筆飛了過來，準確的命中我的額頭。

「怎麼？痛得瞌睡都醒了吧？」

這真是人活著最痛恨的時刻。

到這裡我就再也讀不下去，將日記本抱在胸口，眼淚流個不停。載俊對我的感情讓我心口發熱，但凌駕這一切的，卻是我真實感受到載俊已死的事實。

唉，為什麼你連這種事情都會想呢？難道你已經預感到逐漸接近的死亡嗎？載俊啊，你現在看著我嗎？就像電影《第六感生死戀》一樣，你就在我身旁搖晃著我，我卻一點也不知道，是嗎？載俊啊，我真的很想你！如果，那天魏廷河和你之中有一個人必須死在那個地方的話，我也跟你一樣，會毫不猶豫的選擇救你。我真恨你，明明知道會這樣，明明知道我會這麼傷心難過，你怎麼能就這樣消失不見？臭小子，臭小子……

淚水遮住了視線，連一行字都讀不下去。

光碟裡流洩出《魔法公主》的主題曲，這首由米良美一演唱的歌曲內容，載俊曾經解釋給我聽。除了卓別林之外，載俊對電影也知道得非常多。為了喜歡寫歌詞的我，載俊甚至去找第二外語專長是日文的高中生表哥，要了歌詞翻譯。

張滿的弓上顫動的弦啊
月光下惶惶不安的，是妳的心
擦亮了的刀刃如此美麗
與那鋒芒相似的，是妳的側臉
能了解潛藏在悲傷與憤怒中妳那顆真摯之心的
只有森林裡的精靈

我最喜歡「與那鋒芒相似的，是妳的側臉」這樣的句子。但我接著想起來的，不是魔法公主，而是打鐵村的蝦夷少年，聲音很性感的阿席達卡。看完電影之後，我說印象最深的是阿席達卡和白狼，載俊馬上嘲笑我：「就只知道喜歡那種東西，真膚淺！」

不知道從什麼時候開始，載俊在我面前變得不再害羞。反而是上課時一本正經又害羞的載俊，令我感到陌生。

想著想著，我不知不覺睡著了。夢裡我騎著白狼，奔跑在黑暗的森林中。這時我看到載俊流著血，倒了下來。我趕緊將載俊扶上白狼的背，帶著他一起騎著白狼，到森林裡那條能讓一切傷口痊癒的小溪去。我讓載俊躺在小溪裡，傷口一處處癒合，最後載俊微笑著站了起來。夢裡的我高興得不得了，緊緊抱著載俊放聲大哭……

「寶貝女兒，妳不是說要叫醒我嗎？怎麼沒在看書，現在都好晚了。做了什麼難過的夢嗎？」聽到繼父開門說話的聲音，我嚇得跳了起來。

「怎麼辦才好呢，我現在得出門了。裕賢還在睡，妳趕緊用功。萬一裕賢醒過來，妳不就沒法專心讀書了？媽媽說今天會早點回來，到時一起吃晚飯。」

「今天也要去唱歌嗎？」

「嗯，金哲進那傢伙老是翹班，不過也是託他的福我才能賺一點小錢。我去去就回！」

「好，繼父慢走。」我想送繼父出門，沒想到起來一看，我的枕頭濕了一片。

我再次打開載俊的日記，卻又馬上闔起來，連一句都讀不下去了。

第四章　早知道就不要和你做朋友

期中考的最後一天，最後一科的最後一題。

下列哪一個條約是鴉片戰爭之後締結的？

一、北京條約

二、南京條約

三、柏林條約

四、波茨坦條約

我很有信心的用黑色簽字筆塗黑「二、南京條約」的選項之後，就趴在桌子上。多虧昨天午睡完又看了一下歷史課本，考試才勉強過得去。現在考試也結束了，今天回家以後，好好睡一覺，再一口氣讀完載俊的日記吧。雖然每讀一篇，就會想起和載俊一起度過的時光，眼淚就忍不住流了出來，久久無法翻頁……

就算是為了阿姨，我也一定要讀下去。從那天之後，阿姨就沒再打電話問過我，但心裡一定很焦急吧。兒子為什麼會在日記本上寫下那種句子，阿姨一定會胡思亂想，讓自己不好受。好吧，現在考試也考完了，再也沒有什麼藉口了。就算再有什麼事情，再怎麼難過，今天一定要讀完載俊的日記本到最後一頁。我默默下定決心。

回家的路上，突然發現梧桐木的葉子已經逐漸變了色。這麼快就入秋了啊！載俊，你也死了兩個月了。去年春天櫻花盛開的時候，我們認識彼此，相伴過了春、夏、秋、冬，又一起再度過了春天，第二次的夏天還沒過完，你就留下我離開了。不，不是離開，是如同蒸發一般消失無蹤……

「喂，裕美！」經過網咖的時候，有人喊了我的名字。回頭一看，魏廷河輕浮的站在那裡。

沒錯，應該是你死才對，如果你代替載俊死了的話，我也不至於這麼傷心……

我不自覺浮現出這樣的想法，愣愣的望著他。

魏廷河走到我的身邊。

「妳正要回家嗎？」他問。

「是啊。」我盡可能簡單的回答，現在，我對他已經沒有任何感覺了。

「載俊的事情，妳很難過吧？你們兩個真的很要好，不是嗎？」

我閉緊了嘴，什麼話都不說。這種問題，可以簡單的以一個「嗯」來回答。但是我和載俊之間的交情，卻不是那麼微不足道。

「我也會常常想起載俊，我飆車飆了三年也都還好好的……載俊不是個乖孩子嗎？難得騎一下，怎麼就出事了，世事難料啊。英均說，載俊在那之前從來沒有超速過。他才學騎車沒多久，又是個膽小的人，所以當他來借摩托車的時候，英均一點都不擔心。可是為什麼會突然加速呢，真是……」

我還是不說話，只是低著頭往前走。這傢伙到底想說什麼，還不快走開！這話湧到喉嚨，我又強忍了下去。

「妳知道載俊出事後，過了兩個小時才死亡嗎？」魏廷河愣愣的問我。我一開始不知道他在說什麼，只能呆呆回望他。

「我是說，發生車禍之後，他還撐了兩個小時。醫師說，如果早點送來醫院的話，或許還能救活。」

我不懂他到底在說什麼，我頭一次聽到這些說詞。

「什麼意思？載俊不是當場死亡嗎？」

「聽說不是，他的媽媽不讓同學知道的，怕我們會受到太大的衝擊。事實上不是當場死亡。」

「你怎麼知道？然後呢？」

「我聽我媽說的，我媽的朋友和他媽媽住在同一棟公寓，在社區的守望相助會[9]時聽說的。」

我的眼前一片昏暗。

「我知道是過了兩個小時以後才被發現，你的意思是，在那兩個小時的時間裡，載俊還活著？」

「是啊，聽說被救護車載走的時候，還有呼吸。」

「你說什麼？」我突然喘不過氣，抓著胸口蹲了下來。最初聽到載俊死亡的消息時受到的莫大衝擊，又再度來襲。

「唉，早知道我不說了，別太難過了！就算還活著，也已經失去了意識，感覺不到痛苦的啦！」魏廷河邊說邊試著扶起我。

我甩開魏廷河拉住我的手，艱難的站起身來。

「好了，我沒事。你走吧，我過一下就走。」

聽了我的話，魏廷河還是一臉擔心的樣子。

「走啊！你耳朵聾了嗎？還不快滾開！」

我一吼，魏廷河才答腔：「知、知道了啦！幹麼這麼大聲？脾氣真差，我走就是。妳就隨自己開心待著吧，我走囉！」

魏廷河跨上停在旁邊的腳踏車，騎車走了。

我感到一陣天旋地轉，只好將身體倚靠在路樹上。不知不覺間，染紅的櫻花樹葉襯著背景的天空，看起來好美。

載俊，載俊竟然還活著。在那兩個小時裡，他竟然還活著。我眼前一黑，差點昏過去。腦中突然冒出想去載俊的死亡地點看看的想法，我甩了甩頭。然

9 譯注：韓國的社區普遍會組織守望相助會，以維持社區安全。通常每個月例行開會一次，各住戶都得派家人參加。

而，一旦有了這種想法，我整個人就像瘋了一樣。那個地方離這裡只有一個公車站的距離。

即使是走路，也只需要十分鐘的時間。你就在寬廣的十字路口，撞到教會前面的路樹，飛上了天，摔個粉碎。然而，在那種狀態下，你竟然還活著，竟然還有呼吸。

我的腳步不知不覺朝那個方向而去，經過大賣場前面、經過三溫暖前面、經過腳踏車店、經過火鍋店，還經過了載俊上過的補習班前面……越接近事發地點，我的心跳得越激烈，不想去的念頭和非去不可的念頭交織在一塊兒。

從靈堂裡奔逃出來的那一天，我淋著雨來到出事現場。因為實在太令人難以置信，我一定要親眼確認。載俊摔下來躺過的地方噴了白漆標示出來，從那個位置開始到下一棵路樹之間，還留著依稀可辨識的暗紅色血跡。即使在雨水的沖刷下變得模糊，還是能看得出是血跡。那是從載俊腦袋裡流出來的血。那瞬間，我彷彿有種紅色的血是從我的腦袋裡汩汩流出的感覺。全身發著抖，一股戰慄從背脊升起。那天之後，我就再也沒去過那個地方。就算搭公車從旁邊經過，我也總是轉過頭不看。

終於，我來到了那個地方。夏天時鮮綠茂密的梧桐木早已經發黃，連白色的噴漆痕跡如今也變得模糊，認不出樣子來。曾經鮮明的血跡消失得乾乾淨淨，不留一點痕跡。紅磚建築的教會前面，只有面帶微笑的信徒聚集在那裡。大聲說著話經過的太太不停偷看站著不動的我，撞上了我的眼神時，便趕緊轉過頭去佯裝不知，加快腳步離開。

秋天溫柔的陽光，彷彿一層薄薄的柔紗似的，人們看起來都很幸福的樣子。

那條路雖然是一條大馬路，來往的行人卻不多，只是經過的人再少，長達兩個小時的時間裡，不可能連一個經過的人都沒有。

載俊就那麼撐著破碎的身體，整整兩個小時……

直到出借摩托車的英均覺得奇怪而找了過來，才知道載俊在那裡躺了兩個小時。然而，那時載俊竟然還活著。如果有人早點替他報警的話，或許就能救活……載俊，你竟然撐著破碎的身體，鮮血汩汩的冒出來，撐了兩個小時。醫師還說，就算當時還活著也已經失去了意識。但是，萬一，即使是幾秒的時間，你還有意識的話，該有多痛，多難過啊？當時一定有人看到了你，怕麻煩而就避開了。太差勁了！只要打一通電話，或許就能救回一個人的性命……

我的心中再度掀起憤怒和痛苦的浪潮，或者說，是心底某個角落裡好不容易才堵上的蓋子，不知不覺又被打開了，眼淚又開始滴滴答答的落在地面上。

如果有神，就不應該如此。如果有神，我一定會親手用匕首對著神明的胸膛猛刺。怎麼可以這麼做？怎麼可以？這根本就是沒有道理的事情。載俊啊，你在騙我吧？你在跟我玩死靈遊戲吧？如果這一切都是夢，那該有多好。如果是一場討厭的噩夢的話……

載俊不是當場死亡的說法，簡直就像兩度殺死載俊一樣，讓我不寒而慄。

我真想殺人，殺死那天經過那條路的男男女女，看到載俊卻轉身避開的路人，我真想殺死他們，全部都殺死……

我靠著路樹，頭一下接著一下的撞著樹幹，放聲痛哭。無視經過的行人是否盯著我，我真的再也忍不下去了，只想重重的將這個世界撞得稀巴爛。

有人走了過來問：「同學，妳怎麼了？」我頭也不回的大吼：「滾！給我滾！」

被我的氣勢嚇到，那人默默的走掉了。

大聲哭了好一陣子之後，突然有種載俊走到我身後，手放在我背上的感覺，於是我停止了哭泣。然而，這種事情當然不會發生。

每次我哭的時候，你都會靜靜的將手放在我背上。我的自尊心太強，你擔心惹我生氣，絲毫不敢露出安慰我的態度，還會假裝閒扯別的事情。而你難過的時候，我卻沒法這樣對待你。你躺在這裡鮮血直流的時候，我什麼都不能為你做，什麼都不能……

一陣風吹來，過往的行人不斷偷看站在路樹前面、垂著頭眼淚掉個不停的我。

我從書包裡掏出面紙，大聲擤了擤鼻子，又拿出手帕擦乾眼淚。

回家一看，媽媽正在為裕賢讀兒童繪本。

裕賢一看到我，就高興的喊著「姊姊！」跑過來抱住我。懷裡抱著這柔軟的小身體，我的喉嚨又忍不住有什麼湧了上來，我將裕賢擁得更緊。

「姊姊，妳的眼睛怎麼跟兔子一樣？」裕賢看著我的眼睛問。

「妳哭了嗎？」媽媽也問我。

「不是啦，眼睛裡有什麼東西跑進去……」我尷尬的搖搖頭。

媽媽不發一語走過來，將垂著眼睛的我擁入懷中。於是，本來以為已經流光的眼淚，又再度冒了出來。

「媽、媽……」我偎在媽媽懷裡，又開始放聲大哭。媽媽擁得更緊，輕輕拍著我的背。

「姊姊，妳為什麼哭？不要哭啦！我帶黑雨過來，妳別哭喔！」裕賢趕忙尋找黑雨。有一次我以為黑雨不見了，焦急到哭了出來，裕賢看見了以後，就以為每次我哭都是因為黑雨。看到裕賢這樣，我止住了哭泣，噗嗤一聲笑了出來，輕輕從媽媽的懷抱掙脫。

「考試考壞了，我才哭的，沒什麼啦！」我故意嘟著嘴說。抬頭看看媽媽，媽媽的眼睛也紅紅的。

「唉唷，居然考壞了！應該也沒什麼比這個更令人難過的吧？」媽媽故意和我一搭一唱，睜著一雙兔子眼和我相視一笑。

這時，裕賢將睡覺中被硬拖出來、一臉茫然的黑雨往我懷裡一塞。

「姊姊，黑雨在這裡，不要再哭了喔！」

我也故意誇張的抱著黑雨，裝傻說：「唉呀，黑雨你跑哪裡去了？姊姊以為你不見了，還哭得好厲害！」

「姊姊，妳和大哥哥吵架了嗎？」裕賢不知道想到什麼，突然問了我一個出乎意料的問題，我的心一下子沉了下去。大哥哥指的當然是載俊。裕賢至今從來沒有提起過載俊，怎麼突然間……

「什麼吵架，你怎麼突然問這個？」

「我很想念大哥哥，他好久沒來我們家玩了。」

媽媽趕緊轉身背對著裕賢，開口：「裕賢乖，媽媽揹揹好不好？」

最喜歡讓人揹的裕賢，趕緊趴上媽媽的背。

「大哥哥搬到好遠的地方去了。對了，他要我跟你說，沒跟你說再見就走，對不起！媽媽一下子給忘了！」媽媽揹著裕賢說。

「為什麼沒和我說再見呢？」

「因為那時候你睡著了。」

「怎麼不叫醒我呢？我好想念大哥哥。」

聽到裕賢這麼說，媽媽和我四目相對，我在媽媽的眼睛裡看到了淒涼的悲傷。

「大哥哥也沒跟姊姊說再見就走了。沒辦法，突然要搬家的關係。」我走近裕賢，拍了拍他的背。

「這樣啊。」裕賢不知道什麼時候又睡著了，我懷裡的黑雨也再度沉沉睡去。媽媽進了臥房，想將裕賢放到床上去。我則抱著黑雨，走進了自己的房間。

我將黑雨輕輕放到壁櫥裡的籃子裡，黑雨睜開了一下眼睛，又慢慢的睡著了。貓兒一天要睡十六個小時，現在對黑雨來說算是半夜。

怎麼不叫醒我呢？我好想念大哥哥。裕賢的話在我耳邊迴響。是啊，裕賢，那時你已經睡了，姊姊還沒睡呢。就在我寫著奇怪的歌詞，坐在書桌前面的時候，載俊你卻粉身碎骨躺在地上。

怎麼不叫叫我，叫叫我也好啊！我一定會出門找你的。那個時候我還沒睡，如果我趕緊跑過去的話，說不定你還有救。啊，我這個笨蛋，竟然還傳死亡什麼的簡訊給你，就像是詛咒。都是你不好，不但沒叫我，連一句再見也沒說，就這樣消失無蹤，一點痕跡都沒有。

今天我實在沒法再繼續讀載俊的日記本了。

我討厭今天，也不想再去想你的事情。我們算哪門子朋友，那種緊急的時候心意無法相通，還算什麼朋友？早知道，我就不要和你做朋友了。早知道，那年春天，櫻花花瓣滿天飛舞的日子，我就不要和你做朋友了。

第五章　和老師的約會

又過了四天，不管做什麼事情我都提不起勁來。

考試也結束了，現在不管發生什麼事，都該讀完載俊的日記才對。我心裡雖然這麼想，卻還是做不到。不只不想觸碰日記本，也不想做其他事情。不想吃飯，就算吃了飯，也不想洗碗。不想洗澡，不想去學校，不想和同學說話，不想看書也不想看電視。甚至不想陪裕賢玩，也不想和媽媽、繼父說話。我什麼都不想做，什麼都不想做。

每到上課時間，我不是被指責，就是被大罵一場。老師要我們抄筆記我也不寫，更別提寫什麼家庭作業了。我總是一臉茫然的坐在位置上，當然不可能平安無事。

被指責或大罵的時候，我有種他們生氣的對象並不是我的感覺。我的嘴唇乾裂，彷彿全身的水氣都已經流失殆盡，一點力氣都沒有。

我一點生氣都沒有，每次看到載俊空蕩蕩的位子，心裡湧起的不是悲傷，而是空虛。載俊不是當場死亡的事實，讓我難過不已。那時我明明還醒著，卻沒有為他做任何事情，這件事懸在我心底，讓我無法釋懷。起初，我對此憤怒又悲傷，隨著時間過去，逐漸成了鬱悶與空虛。生活就如從手指間流瀉出去的細沙，荒謬而無稽。

如果有神的話，我真想扭斷祂的脖子。如果有神的話，我真想拿匕首猛刺祂的胸口。然而現在我卻想，如果有神的話，乾脆連我的生命也靜靜的帶走吧。

就這樣，靜靜的，帶走我的生命……

盤旋在我腦裡的，只有這個念頭。

有時候，我也會如載俊一般，想像自己已經死了。但是，與載俊透過這個遊戲感覺到生命的珍貴有所不同，我只想一直停留在死亡裡。

死了算了，心裡好鬱悶，做什麼事情都煩，好空虛。活著終究只是為了將來某一天的消失，那麼，和現在就消失又有什麼不同？

這些話一整天都在我心底盤旋。

最後，還是班導師看不下去，把我叫了過去。

三年級的班導師朴浩民老師，和二年級的班導師截然不同。二年級的班導師什麼都要干涉，愛體罰學生，是個先入為主觀念很嚴重的人。朴浩民老師就恰恰相反，總而言之，是一個冷漠的人。他看起來似乎對什麼事情都沒興趣，英文教到一半，竟然愣愣的望著窗外好一陣子。舉例來說，像我現在這副茫然的模樣，老師可是天天都如此。同學們再怎麼吵鬧，老師也不怎麼罵人。考試或運動會的時候，也不會訓誡我們一定要拿第一名。

但是同學們反而因此害怕老師，自動自發做好該做的事情。不管是我還是載俊都不討厭這種老師，甚至還會不自覺的尊敬老師。最重要的是，這位老師對同學一視同仁，不會以成績判斷學生的好壞。

放學以後，我就到教務室去，老師在那裡等著我。

老師一看到我，就披上夾克說：「我已經打電話給妳母親了，說今天我要和妳約會，晚點會送妳回家。」

老師面無表情，卻說著與平時形象不同的笑話，我的臉刷的一下子紅起來。

我跟在老師後面，離開了學校。

老師彷彿忘了還有我這個人跟在後面，獨自快速的向前走。說不定我悄悄轉身回家，老師都不會察覺。但我不敢這麼做，只好無奈的繼續跟在老師後面。

一走到大馬路邊，老師隨手招了輛計程車，連一句喊我上車的話都沒有，自己搭了計程車就離開。我快氣炸了，只能站在那裡望著遠去的計程車。沒想到計程車開始倒退，停在我面前。老師從車裡面搔著頭站出來，對我招招手。

「看我都忘了，裕美，快上車吧！我差點就一個人去約會了。」

這時我才噗哧一聲笑了出來，真是莫名其妙！

「快上來啊，司機叔叔要生氣了。」

我一聽這話，趕緊跑到計程車旁邊上車，計程車再度發動。

「您真的忘了還有我，自己就搭上車走了嗎？」我真的很生氣，盯著老師質問，老師的臉微微發紅。

「抱歉，抱歉！我本來就很糊塗啊！不小心忘了還有妳在。」

看到老師這個樣子，我這才笑出聲來。

「哈哈，沒關係啦！我媽的朋友去逛街的時候，也是搭上了計程車，還催促司機快點，她們快遲到了。車子一開，司機叔叔突然問了：『太太，您有幾個兒子啊？』我媽朋友回答：『你沒看到嗎？我就兩個兒子，還能有幾個？』但再多看一眼，才發現兒子只剩一個。幸好司機叔叔早就在倒車了。她趕緊回頭看，有個太太牽著自己兒子的手，一直朝著計程車大叫，她兒子站在原地大哭呢。」

「哈哈哈！」老師捧腹大笑。

「哈哈！這種媽媽很多呢！」坐在前座的司機叔叔也大笑著說。

我這才發覺，自己已經好久沒說笑話，好久沒笑了。發出笑聲的同時，也有一股淒涼的風吹向心底。

我們在文化劇場前面下了計程車。這裡是一處專門上演藝術電影的小戲院，我也曾經跟著載俊來過幾次。

看板映入眼中，上演的是卓別林的《孤兒流浪記》，我愣愣的望著老師。

「一聽到這部電影要上演，我就想起了載俊。我想，如果和妳看這部電影，載俊一定會很高興，才帶妳過來的。如何？和老師一起看吧？」

話是這麼說，但老師絲毫沒有等我回答，就逕自跑去買票了。其實我也很好奇，老師怎麼知道載俊喜歡卓別林。雖然以前我和載俊一起看過這部電影的錄影帶，但在大銀幕上再看一次，還是跟第一次看的時候一樣，覺得又悲傷又有趣。片中那個長得很像裕賢的小朋友也好可愛。

想起了那天，載俊坦白對我說：「我最喜歡卓別林了，長大以後我想做一個像卓別林一樣偉大的喜劇演員。」

那是在我家，兩人一起看完卓別林的《淘金記》之後的事情。我第一次看到載俊對一件事情那麼認真。我當然也很喜歡卓別林，也覺得卓別林的電影很有意思。但載俊的投入卻和我有著本質上的差別。

後面有熊追了過來都不知道，慢吞吞走著的卓別林；肚子餓到只好拿起一隻鞋子，像吃義大利麵一樣猛啃的卓別林；住在懸崖上的房子裡，每次房子歪向一側，就跟著東倒西歪的卓別林，我覺得都非常好笑，但載俊覺得好笑的程度卻超過了我。看到那些場面，載俊會搥地大笑，甚至笑得捧腹在地上打滾。

他笑得太過厲害，反而顯得我像個傻瓜。

我真想抓著他問，到底哪裡有那麼好笑啊？但怕妨礙他看電影，只好作罷。電影一結束，載俊就那樣說出了自己的夢想。

即使是和載俊如此親近的我，聽了之後也大感意外。按照我的個性，我應該會當場反問說，你這麼容易害羞的人，還想當什麼卓別林！就在正想吐出這句話的時候，看到載俊閃閃發亮的眼神，我實在說不出口。

但載俊彷彿知道我在想什麼，嘻嘻笑著站了起來，模仿剛才錄影帶裡出現的卓別林獨特外八字的走法，那樣子實在太像了，讓我忍不住要懷疑自己的眼睛。

不只如此，載俊還進一步從口袋裡掏出小鬍子來，貼在自己的鼻子下面。

「這東西又是從哪來的？」我吃驚的問。

「妳都不知道我多喜歡卓別林，這還只能算是基本而已！」載俊回答完，接著又用充滿激情的聲音說，「卓別林慶幸自己個子矮小，這麼矮小又一無是處的人竟然也能打倒巨人，觀眾看了都很痛快。」

「你是因為個子矮才想那樣的嗎？你還有的是空間可以長高啦！」

「不是真的因為那樣啦，只不過覺得他和我之間有共同點，所以很高興。他媽媽也一樣身體不好，卓別林的母親是劇團的歌手，但失去了聲音，後來得了精神病。」

「那你是因為你媽身體不好的緣故？」

「不是啦，我只是單純的喜歡卓別林而已！真是的，喜歡一個人還需要什麼原因？」說完，載俊就塞了一顆栗子到我嘴裡。

是啊，喜歡還需要什麼理由呢？我真笨！總是把自己當老哥想欺負我的載俊，個子矮、體格也不壯，還好意思教訓我……

如果載俊還活著，一定會來看這部電影。不，說不定現在他就坐在某個空位上。每次看到他模仿卓別林外八走路，我都忍不住哈哈大笑。電影結束，劇場裡燈光亮起時，我看到老師熱淚盈眶。老師看著電影時，也一直思念著載俊吧？想到這裡，突然覺得和老師親近不少。

我和老師默默的走出電影院，外頭早已夜幕低垂，秋天的太陽很早就下山了。

「對了，妳肚子該餓了吧？想吃什麼？」老師這時才看著我問。

「和淑女第一次約會，不是應該請客嗎？」我用著和最近憂鬱的模樣全然不同的態度，搞笑的說。

老師似乎有點吃驚，看著我的樣子回答：「說的也是，老師只知道鑽研英文，沒學到約會的禮節，以後要跟妳多多學習。」

旁邊大樓的餐廳名字剛好也叫「卓別林」，我們毫不猶豫的進去了。

考慮到老師的荷包，我只點了炸豬排。

「點貴一點的也沒關係啊。」老師說。

「少來了，您明明怕我點太貴的！老師臉上寫得清清楚楚。」聽我這麼說，老師笑了出來。

「哈哈哈，讓妳發現了。還真騙不了裕美呢！」

「不過，老師怎麼知道載俊喜歡卓別林呢？」我這才將心底的疑問說出來。

「嗯，這個嗎，我看到以前教室布置時做的東西，就問他是不是喜歡卓別林，因為我也是卓別林的粉絲。結果載俊這小子影印了一堆卓別林的照片送給我。他看起來正經八百，沒想到內心這麼熱情，我嚇了一跳呢！」

「之前，載俊說長大以後想當像卓別林一樣的喜劇演員。」

「那個容易害羞的傢伙？」

我靜靜的點點頭，突然有種感覺，彷彿載俊就坐在旁邊掐了我一把，責怪我幹麼說出那麼難為情的事情。

「裕美，妳很想念載俊吧？我都這麼難過了，妳一定更難過吧？」

聽到老師這麼溫柔的話，我差點哭了出來，好不容易忍下來了，故意用著冷淡的語氣說：「想念，我哪裡會想念他呢？我討厭死他了。」

「是啊，討厭一下他也好，那傢伙，真的很討人厭，怎麼可以就那樣一走了之？真是個差勁的傢伙。」

老師也隨聲附和我的話。我一聽老師這麼說，反而莫名其妙的生氣起來。只有我可以罵載俊，別的人罵他或說他壞話，我就會彆扭的為此生氣。

「載俊怎麼了？難道他是想死才死的嗎？他自己一定也不想死啊。」我說著和前面截然不同的話，喉嚨再度開始哽咽，忍也忍不住，眼淚又滴滴答答落下來。啊，討厭，我最討厭這樣了……

「裕美，妳想哭就哭吧！我也真的很喜歡載俊那小子。他真是個靦腆又善良的孩子，對吧？那樣的傢伙竟然說想成為像卓別林那樣的人，真是讓人意料不到。有一次，那小子一大早就在我的桌上擺了束花，大概本來想偷偷做的吧。剛好那天我有事，很早就進教室裡，正好撞見他，他一臉尷尬極了。而且那麼靦腆的男孩子居然還會偷偷暗戀別人，心裡不知道該有多焦躁……」老師一如往常雙眼朦朧、喃喃自語似的說。

「老師也知道他喜歡素希？」我嚇了一跳，以為載俊只有我這個好朋友，什麼時候也和老師這麼親近？心裡多少有點被背叛的感覺。

「是啊。」老師默默的點頭。

「您怎麼知道的？」我故意調皮的問，不知為何想要點小心機。

老師緩緩抬起頭來看著我，開口：「有一次，載俊母親突然生病住院的事情，你還記得嗎？那時載俊不是趕緊早退回家了嗎？」

「嗯。」我回答的同時，心裡也一陣刺痛。阿姨生病是事實沒錯，但這種事經常發生，那天載俊只是不想上數學課，才當作藉口翹課的。

「那天我到醫院去探病，就順便和那小子一起吃了晚飯，有了聊天的機會。不知道提到什麼，他突然問我，有沒有暗戀過別人。」

「載俊嗎？」真沒想到，除了在我面前之外，靦腆得從來不會吐露出自己心事的載俊，竟然也會問老師那種問題，真是令人難以相信。

「我也嚇了一跳，所以我跟他說了自己很少告訴別人的故事。」老師點了點頭，繼續說。

「老師的單戀故事嗎？」

「是啊！不過嚴格來說，又有點不同。我和她交往了很久，算是很深的感情，我想自己不可能會再這麼深愛另一個人。她也很愛我，我們真的很幸福。我們就這樣交往了八年，我一直認定未來會和她結婚，一輩子相守在一起，不曾想過別的可能。」

「然後呢？」

「然後……」老師沉默了下來，似乎在回想往事，低著頭盯著桌面看。過了好一陣子，老師才又開口說下去。

「然後她就離開我，和別人結婚了。她只留下一句話，說她已經不愛我了。」

「壞女人……」

我不自覺露出平常的說話習慣，趕緊抬手掩住自己的嘴巴。老師瞪大了眼睛望著我，噗哧笑了出來。

「對，妳說的沒錯，真是個壞女人。但既然她是不愛我了才離開我，就不能說她壞了。人的感情很難評價好壞，她也只是坦率的說出實話而已。」

「她嫁給有錢人了嗎？」我發揮想像力問。

老師無力的搖了搖頭。

「不是，只是一個平凡的男人，其他我就不清楚了。我也找過她的朋友，卻沒有一個朋友知道那男人的事情。我到現在都不知道為什麼她會突然不愛我，轉而選擇別人。還不如把話說開了，至少讓我知道該如何處理自己的感情。」

「老師，您至今都忘不了她嗎？」

「是啊，再怎麼想忘記也忘不了。我也試著努力再喜歡別人，但越是那樣，我就越想念她。」似乎對我的提問有點不好意思的樣子，老師小聲的回答。

「老師！」我氣急敗壞的拍著桌子大喊。真是看不下去了，老師不是在說以前的事情，而是在說現在進行式的事情呢。

「所以我這也算是單戀，不是嗎？我越來越思念她，自己都快瘋了。和她分手都已經過了七年，如今我年紀也已經三十好幾，還是這副德性，真悲哀。」

「天啊，載俊如果聽到老師的故事，一定會拍案叫絕。雖然我個人是覺得老師很可憐……」

老師這時才又找回了笑容。

「哈哈，裕美的個性還真豪爽！沒錯，我說了自己的故事之後，載俊也告訴了我他的故事。我還以為載俊和妳在交往呢！你們倆還真是少見的朋友，聽說，你們各自有喜歡的人？」

「他不會連我的事情也都說出來了吧？」

「當然沒有！載俊說那是裕美的隱私，不可以告訴別人。只說了自己單戀鄭素希而已。」

「我的早就結束了，我還以為載俊也死心了……大概太難為情了，在我面前故意做做樣子吧。原來他還沒死心。」

「是啊，載俊也跟我一樣，是一個沒出息的男人。他因為素希的緣故，心裡很難過。雖然不一定全是如此，但是通常男人比女人更難遺忘自己決心要愛的人。在我看來，女人有時候很殘忍，或者該說是冷靜嗎？很容易愛上一個人，卻也很容易忘記一個人。但是男人卻做不到。在這一點，載俊和我彼此都可以了解。」

「哼，就因為你們都是男生嗎？不過話說回來，花心的人不也是男人居多嗎？老師和載俊都屬於純情派。」

「是嗎？」

「老師，所以您每天失魂落魄的，就是因為思念她嗎？」

「失魂落魄的？我嗎？」老師這下真的一臉驚訝的問道。真是的，難道他自己一點都不知道嗎？

「是啊！看起來就像靈魂少了一塊似的。剛才也是，竟然將同行的我忘得一乾二淨，自己一個人邁步向前，自己招了計程車搭了就走……」

「啊啊，抱歉，抱歉！沒錯，沒錯，我原本就有點迷糊。不過，和她分手之後，好像變得更嚴重。不管做什麼，都不像是有意識的在進行。活著也覺得一點意義都沒有，老是無精打采的。我還以為在你們面前不會顯露出來，真是太對不起你們了。像我這種人不應該當老師的……」

「才不是呢！正是因為有老師這樣的人，我們才能好好長大。我們最討厭的，就是精力旺盛，一天到晚沒事就要干涉我們的老師。如果那種老師全都失戀了，變得像您一樣整天失魂落魄的話，我們一定會過得更自在。同學不是都很喜歡老師您嗎？老師不只不干涉我們，還一視同仁，真心愛護我們。那些看了就討厭的老師大概一輩子從沒談過戀愛，或是不知道怎麼談戀愛吧！」

我一口氣說了一堆話，老師愣愣的看著我，直到我說完才開口：「裕美現在終於變回裕美了。之前的妳看起來真不像妳，我想妳大概太難過了，才沒有多管……」

突然間，載俊的身影浮現在我眼前，他鮮血直流，躺在地上呻吟的模樣。同一時間的我卻坐在書桌前寫著亂七八糟的歌詞，還傳簡訊給載俊，一副愚蠢的模樣。

「我、我……在載俊最難受的時候，卻一點都幫不上忙。當載俊那麼痛苦的時候，我……」

我又哭了出來，剛才還開朗的笑著，現在到底在搞什麼鬼？討厭，討厭，我討厭掉眼淚。心裡雖然這麼想，眼淚還是止不住的流出來。真是的，難看死了，像個躁鬱症患者似的。但不管我怎麼努力，眼淚還是滴落不止。

「每當我難過的時候，載俊一定會安慰我，他擔心我比擔心自己更多。可是他難過的時候，我卻沒能、沒能為他做什麼。當他承受著痛苦時，我還一個人開心的……一想到這點，我就……」

老師不發一語的握住我的手，我想我不該再繼續哭下去才對，但似乎沒什麼用。啊，想點什麼好笑的吧，想點什麼會讓我停止哭泣的東西吧。我想起了載俊模仿卓別林的樣子，卻只是讓我哭得更厲害。

「我也一樣，我讓他看到自己遺忘不了前女友的懦弱樣子，會不會給了他不好的影響呢？一想到這裡，我也忍不住想哭。」

老師的鼻頭不知何時也變得紅紅的，看得出來老師也竭盡全力忍著不哭。一想到我們兩人現在的樣子，還真有點好笑。如果載俊現在在旁邊的話，一定會猛拍著我的背，大喊：「你們幹麼啊，太好笑了！」

「哈哈哈。」我突然大笑起來，老師嚇了一跳，愣愣的望著我，大概以為我精神分裂了吧。

「怎、怎麼了，裕美？」

我輕輕的自老師手中抽出手，擦乾眼淚，微笑著。

「我覺得好好笑。如果載俊看到我們這個樣子的話，一定會大笑起來。真的很可笑，不是嗎？老師和我手拉著手，哭哭啼啼的。」

老師還是驚訝的注視著我。無論是再好的老師，這種時候也會和我們出現代溝。這孩子是怎麼了？老師驚慌失措的臉上，明顯浮現出碰上難以理解的英文句子時的表情。

今天晚上，不管發生什麼事情，我都要讀完載俊的日記，我暗自在心裡下定決心。

第六章　你仍在我身邊

夜深了，回家以後，我認真的洗了澡，彷彿是齋戒沐浴，準備進行神聖之事。

洗澡時有種再度復活的心情。雖然在載俊難受的時候，我沒能為他做些什麼，但相信載俊也不會因此責怪我。因為我一點都不知情，真的一點都不知情。載俊收到我的簡訊了嗎？

快恭喜我寫完一首歌詞，第一行是死亡沒來，很棒吧？
如果還沒睡就給我回個訊息，晚安。

載俊大概死了以後才看到我的簡訊吧，然後恭喜我完成了歌詞，還一面拍著我的肩膀，說這歌詞太棒了，是吧？夜已深沉，死亡沒來。我作夢都沒想到，那瞬間死亡已經到來，所以才會那麼寫。對我們來說，死亡是多麼遙遠的事情，不管是載俊或是我，都喜歡說些死亡之類的話。

啊，這麼看來，我竟然向載俊道別了，因為我對他說的最後一句話就是「晚安」。我跟你說了晚安耶！但你似乎還沒睡，仍圍繞在我們的身邊。我可以感覺到你，隱約的感受你的存在。那個看起來一本正經又靦腆，內心卻頑皮十足的你。

家裡的人都睡了，現在才剛過十二點，真難得他們會這麼早睡。我們一家人都是夜貓子，通常這個時間才算剛入夜呢。這個時候，連四歲的裕賢也還睜著一雙水汪汪的眼睛，有精神得很！今天繼父也沒有出門演唱，名字叫金哲進還是什麼的歌手今天大概沒有翹班吧。繼父可能是為了哄裕賢睡覺，結果全都一起睡著了。

家裡好安靜。我換上睡衣，低頭往窗外看了看，不知何時下起了毛毛雨。昏黃的路燈映入眼簾，春天時櫻花花瓣飄落的燈光光線裡，現在只有雨絲細密的落下。

每次載俊離開我家準備回去時，我總是在房間裡，關上燈看著窗外。為什麼要那麼做呢？因為我想隱藏自己的身影，看著載俊。載俊總會站在路燈的光線下，仰頭看著我的房間。載俊大概不知道我在這裡，才會那樣做的吧。就那樣看著站在燈光下的載俊，我的心總會變得有些淒涼，有些悲傷。不過我很享受這種淡淡的淒涼，彷彿我們是一對戀人似的。

是因為這樣的關係嗎？偶爾低頭看向窗外，眼光總不自覺的往路燈下望去，就有種載俊站在那裡仰頭看向我的感覺。

難道是真的？載俊，你現在就站在那裡，看著我的房間，是不是？

一個人活著和死了，到底有什麼分別？究竟是怎麼回事？會呼吸，會說話，會愛，會哭，會笑，會生氣，會走路，會吃飯，會吵架，會流鼻水，會厭煩，會流眼淚，會大便，會放屁，會看電影，會嘔吐，會心酸，最後有天會消失無蹤。

死亡的意義，載俊在日記本上所寫下的死亡的意義，究竟是什麼？死亡本身，真的有什麼意義嗎？我不知道，只是生氣，只是心裡鬱悶。如果我是神，就不會不按照順序的製造死亡，我會給所有人一樣的壽命，按照既定的歲數，依序讓他們死去。現在的神明是個不公平的神，不懂得正義是什麼，也不知道公平是什麼。

我拿著載俊的日記坐到書桌前，關掉房間的燈，只開了桌上的檯燈。

好吧，就這麼一本日記，有什麼好怕的，到現在都還放著沒讀完？這點東西，早點讀完了事。裡面還會有什麼大不了的東西嗎？日記裡記錄的，不過是作夢也沒想到自己會死，玩著死靈遊戲的十六歲少年極端平凡的日常生活罷了，而且還都是我知道的事情。

也沒什麼大不了的，我只是想重溫和他在一起的回憶罷了。只不過因為寫下這些字的主人現在消失不見，才使得這本日記變得特別起來。

我毫不猶豫翻到上次停頓處的下一頁。

三月三十日（星期日）

哇，好久沒寫日記，之前真是太忙了。

上了國三以後，老師出的作業變多了，還得多上好幾個補習班。

裕美真好，她只要說一句不想上補習班，就可以不用去補習。

話說回來，雖然裕美抱怨過，如果小時候家裡硬是把自己丟去補習班，當時多用功的話，或許現在就不會是這副模樣了。但像我這樣，從很小就開始學習一堆知識，又有什麼用，盡是做著自己不喜歡的事情，也做不出一個所以然來。

而且，無論裕美說想要去多麼奇怪的補習班，裕美的家人也會讓她報名上課。打擊樂啦，水彩畫之類的。要是我們家，這根本是不可能的事情，爸媽只會讓我去上和學校課業有關的補習班。

裕美家真的很特別，就算她成績變差了，家長也一點都不在意，只說反正一定上得了高中。也正是因為她有不怎麼在意成績的父母，日子才有可能過得這麼太平。

上次去她家玩的時候，她媽媽還這麼說：「現在的學校教育，就像是將貓咪、金魚、蛇和大象全放在一起，卻不是讓牠們各自磨練自己的專長，而是試圖把所有的動物都弄成一個樣子。是一種要求貓在水裡游泳，學著盤起身子，用鼻子噴水的教育。」

這話說得太正確了！我連連點頭，但裕美卻打著哈欠，掃自己媽媽的興，直喊好了啦，別再說了！

貓最喜歡的就是捉老鼠。這麼說來，我也有想做的事情，就是成為像卓別林一樣偉大的喜劇演員。這話我只跟裕美說過，誰都猜不到我懷有這樣的夢想。可是別說是搞笑了，我連在別人面前也不敢說話來。裕美聽到我這麼說時也非常驚訝，然而，當裕美看到我的實力之後，還大大稱讚了我。只不過如果媽媽知道這件事情的話，說不定她的氣喘又要犯了。

呵呵，我想起了那天的事情。媽媽一興奮就大談教育現狀，我為了讓她少說點話，還發了頓脾氣。在我聽來很無聊的事情，載俊卻像是有了新領悟似的不停點頭。媽媽多高興啊，那天她興奮的模樣，真的十分罕見。

載俊一走，媽媽才回過神問：我是不是太興奮了？讓人覺得我大放厥詞怎麼辦？看媽媽這副模樣，我只丟了一句話：媽，妳喜歡大放厥詞的事，無人不知無人不曉！

四月八日（星期二）

今天補習班停課，太棒了！好高興喔！

剛好很久沒去網咖，手癢到不行，所以我馬上去網咖報到了。亞丁王國和精靈在我眼前晃動，我也想念對我（嚴格來說，是對玩家）效忠的可愛小魚苗。

因為英文和數學都停課，我開心的小玩了三個小時網路遊戲。好難得喔，真的太高興了！

可以玩遊戲，補習班還停課，活著真好！

四月十二日（星期六）

期中考結束以後，我和同學約好去舞廳。我當然不太會跳舞，但聽說金震來的話，也會帶上鄭素希，我就可以遠遠的望著她。雖然會心痛。

裕美好像真的對魏廷河死心了。

她說：「我竟然會看上那種傢伙，真是幼稚。」

聽她這麼說，我也假裝對鄭素希一點感覺都沒有的樣子，但是隨著時間過去，我反而更思念素希。從早上睜開眼睛到晚上睡覺為止，我的心裡都是她。真的快瘋了，為什麼會這樣呢？

最近我們被分在不同班，也沒什麼機會看到她。偶爾在走廊上碰面的話，我就能回味整天。唉，我真是神經病！每天都想像著和素希交往，為她做一切事情，長大以後要和她結婚，過著幸福快樂的生活（當然晚上也要一起睡覺，嘻嘻嘻！）。晚上作夢的時候她就會出現，每次夢到素希，那一天就好快樂！

怎麼想都覺得，我根本是神經病！

晚上也要一起睡覺?男人這種東西啊，全都是只看臉的傢伙！連像載俊這種好男生都這樣的話，那些無腦的傢伙就更不用說了！雖然已經從老師那裡聽說了，但載俊這麼喜歡素希，讓我有一種很強烈被背叛的感覺。明明還藏在內心裡，卻在我面前說得像已經沒感情一樣。不過這傢伙竟然還知道自己是神經病，哼！

四月十五日（星期二）雨

上次聽到老師說他也喜歡卓別林之後，今天我就將自己蒐集的卓別林照片帶去給老師，他非常高興。老師真好，雖然總是看起來沒什麼精神的樣子，卻是我到目前為止遇見過最好的老師。今天的我難得有了「如果我死了的話，就再也看不到老師」的想法。一想到這點，我的眼淚竟然有些荒謬的奪眶而出。看來在不知不覺間，我已經變得很喜歡老師了。和去年的神經病班導師相比，真是天地之差。不過，能在死前認識這麼好的老師，真的很開心，不然我一想到「老師」這個詞就會氣得咬牙切齒。

讀到這一段，我的心情有點微妙。就像是我已經從老師口中聽過的部分，載俊又跟我重說了一次似的。但文章中「不過，能在死前認識這麼好的老師，真的很開心」這句話……他真的是……

四月二十五日（星期五）

考試全考壞了，補習補了那麼多，我自認和裕美也很用功了，看來還是要怪我頭腦不好吧。想到成績出來以後，媽媽會有多傷心，我整天都鬱悶不已。如果媽媽稍微開朗一點、健康一點的話，就算讓媽媽稍微傷心一下下也無妨吧。但就是因為媽媽太脆弱，我才不敢做錯事。實在太鬱悶了，就算大家約好要去舞廳跳舞，我也不想去，即使素希會去……

不過還是有一點可以安慰到我的，那就是裕美也考壞了。

如果只有她一個人考得好的話，我就丟臉死了。裕美真是我的好朋友，既然是好朋友，當然就要同甘共苦啊。成績落點差不多，友情才能維持下去。

是啊，我的成績還是跟你維持在同一個水平，所以我們的友情絕對不會有冷卻的一天。

五月一日（星期四）

我剛從靜修會回來，三天兩夜，投宿青年旅館，真是無聊的地獄。老師他們自己玩得開心，根本不管我們是怎麼度過的。飯菜爛到連我這種很不挑嘴的人也吃不下去。才不過五月而已，房間裡蚊子成群結隊，睡都睡不好。即使假裝自己死了來看這一切的現實，也只有「幸好我死了」的想法。唉。

那次靜修會旅行真的很可怕，尤其是女孩子全都必須睡在一起，更讓我不舒服。升上國三以後，身為轉學生的我處境上多少有了改變，但算得上朋友的，還是只有載俊一個人。我得和不怎麼親近的女孩子一起玩耍、一起睡覺。女同學也因為我而覺得不自在，沒辦法暢所欲言，這也讓我很累。

我藉口睏了，鋪開被褥躺下裝睡。沒過多久，同學大概認為我真的睡著了，這才開始小聲說著她們彼此的祕密。我卻因此更睡不著，真是難受死了。想上廁所，又不能露出自己還醒著的跡象，只好死命忍著。而且，還有煩人的蚊子。

不過，說什麼「幸好死了」！此時看到載俊說這句話真讓人受不了。我們平時脫口而出的玩笑，事實上是多麼可怕的話語啊！

五月五日（星期一）

今天是兒童節[10]。平常將我們當成了兒童，到了這個日子又說我們不是「兒童」，所以當然就沒有禮物囉。仁俊也因為上了國中，從今年起沒有禮物。去年只有仁俊一個人拿到禮物，我還嫉妒了好久。還好今年兩人都沒有，我的心情才變得好一些。

10 譯注：韓國的兒童節是五月五日。

五月八日（星期四）晴

父母節[11]，早上為爸爸媽媽別上康乃馨，順便開始我的死靈遊戲。如果我死了，這個場面會變成怎麼樣呢？

自然是沒有我，只剩下仁俊為爸媽別上花。爸媽和仁俊一定都會強忍淚水，回憶起我曾經為他們別上花的事情。而我已經是肉眼看不見的靈魂，就算我為爸媽別上了花，家人也不會知道。

一這麼想，突然覺得歷年來一直當成例行活動的無聊事情，變得格外珍貴了。因此我誠摯的為爸媽別上花，放學回來以後，還幫忙媽媽做家事。只要想到如果我現在死了，這些事情就算再怎麼想做也沒法做了，就算是倒廚餘這種又臭又麻煩的事情，我也不再討厭。連洗碗也搶著去洗，打掃和洗衣服都不例外。這都得怪今天學校為了要我們回家乖乖盡孝道，提早放學的關係，但是補習班卻沒有因為父母節停課，我還是得去補習。

媽媽很高興，一直說好了好了，該用功了。我們家載俊長大了啊，謝謝啦，顯得很開心的樣子。仁俊還在旁邊說風涼話，哥，就算你這麼做，零用錢也不會多給，幹麼突然沒事獻殷勤啊？

我再度將眼光從日記本上移開，轉頭看著窗外。沒錯，當明年又到了父母節的日子，載俊所想像的情景，就會照他所說的上演。仁俊獨自為父母別上花，所有人都強忍著眼淚……

我強迫自己不再多想，不然又忍不住掉眼淚的話，今天就沒法把這本日記讀完了。

---

11 譯注：父母節是韓國特有的法定節日，在這一天要感謝父母和長輩。類似將我們的父親節、母親節和敬老節合為一天慶祝。

五月十五日（星期四）晴

又過了一個禮拜，今天是教師節[12]。我好期待今天的到來，因為我太喜歡朴浩民老師，也就是我們班的班導師。也因此，我生平第一次想要學好英文。老師還記得我說過的話，他也喜歡卓別林。我從網路上買了一本用卓別林照片做成封面的筆記本送給老師當禮物，並且在筆記本上寫下一個叫做法蘭克·哈里斯[13]的人寫給卓別林信中的句子。

「讓人發笑的人，比讓人哭泣的人，更值得尊敬。」

五月二十日（星期二）

媽媽的氣喘又發作了，因為仁俊和同學打架，遭到勒令停學的緣故。聽說仁俊只是站在一旁，但不小心就一起被懲罰了，真是冤枉。可是神經脆弱的媽媽，卻因為兒子打群架被停學的消息，受到莫大的衝擊。

我很心疼媽媽，一方面也有點厭煩。比起可怕、愛生氣的嚴格母親，或許我們家媽媽這種脆弱又容易受傷的母親更恐怖也說不定。媽媽從來不會大吼大叫，也不會拿棍子打人，我們卻一樣不敢亂來。媽媽對我來說，就像是一座監獄。

怎會這樣，真是……如果阿姨看到這段話，心一定都碎了。我以為載俊同情自己的母親，我一直以為他很擔心自己的母親，沒想到同時竟然也懷有這種想法。

是啊，我媽對我來說，也同樣是一座監獄。雖然對我的一切都採取放牛吃

---

12 譯注：韓國的教師節是五月十五日，在這天，學生會獻給老師康乃馨表達感謝之心。

13 譯注：法蘭克．哈里斯（Frank Harris），愛爾蘭裔美國作家。

草的方式，但相對的，所有的一切也必須由我自己來決定才行。這也意謂著我得對一切事情負起責任。我不需反抗，卻必須負責任。這也算是一種監獄吧。結論就是，所有的父母對子女來說，或許都算是監獄吧。

五月二十一日（星期三）

醫生建議媽媽住院幾天，穩定一下病情，於是媽媽很早就住院去了。我忘了寫第五節數學課的作業，就拿媽媽當藉口早退。從學校出來以後，本來想去看電影，還好沒去，不然就糟糕了。沒想到老師竟然會在放學以後來醫院探望媽媽，讓媽媽和我都有點不知所措，畢竟又不是什麼大病……

不過和老師一起吃晚飯聊天的事情，真是太棒了，我永遠都不會忘記。老師竟然願意像對待朋友一樣，告訴我這個年幼又微不足道的學生自己的愛情故事。沒錯！就像對朋友一樣。我很清楚，老師將我同樣當成男人，以對待成人的方式來對待我。我出生以來第一次得到這種待遇，真是令人太感動了。和老師的談話，也讓我覺得自己像個瘋子一樣喜歡素希，並不是一件丟臉的事情，因為像老師這麼厲害的人，不也是如此嗎？

老師真是了不起的人，我以後也想像老師一樣，一輩子將素希放在心裡，就算是單戀也沒關係。有人說，愛人比被愛幸福，但我不這麼想。我覺得，被愛比愛人幸福一百倍以上，但愛人比被愛要偉大得多。

平常我無法向裕美訴說我對素希的感情，自從對老師吐露了之後，心裡也變得輕鬆多了。以前裕美單戀魏廷河的時候，彼此可以毫不隱瞞的聊。但最近裕美已經不再喜歡魏廷河了，只有我自己還陷在裡面，有些話實在說不出口。而且，就像我覺得魏廷河不是好東西一樣，裕美也不認為素希是好女孩。其實我也知道，鄭素希是個好學生，不是我可以愛的人。

既然知道，為什麼還不放棄呢？愛上一個人，需要什麼理由嗎？我的心就是這樣，我又有什麼辦法？我想素希想到快瘋了，只要走到她的身旁，我的心就撲通撲通直跳，整天想著她，覺得她是世上最美麗的人，這叫我有什麼辦法啊？

老師竟然能夠理解這種心情，真的太好了。如果我沒法成為喜劇演員的話，我想當老師。像我們老師一樣的老師，我會成立喜劇社團，發展一些特別的活動。

原來載俊這麼喜歡素希啊，我的心裡彷彿吹起一股淒涼的風。我喜歡魏廷河的程度，根本比不上你對素希的感情。你是發自內心深處，真心愛著素希。沒錯，對待身為朋友的我，和對待素希的那種心思和感情，一定完全不同吧……儘管我很清楚載俊對我的朋友之情是怎麼回事，但心底某個角落還是有點刺痛。

五月二十六日（星期一）

今天是我從出生以來，第一次（或許不是第一次，但在我的記憶裡應該是）動手打人。

午休時間，我吃完飯正要去廁所的時候，遇到了素希。素希和平常一樣，看到我就大大方方的和我說話。每次素希跟我說話，我就會臉紅，不知道該怎麼辦才好。這點她很清楚，也很享受。

她問：「你和裕美還是那麼要好嗎？」我很意外她會提到裕美。她也知道裕美不喜歡她，要不是我喜歡素希，裕美早就把素希狠狠損一頓了。我結結巴巴的回答：「是啊！」我們兩人正在說話的時候，民碩剛好經過旁邊，故意喊我大頭。還一直鬧我說大頭大頭，下雨不愁。

是啊，現在想想還真可笑。但那瞬間我卻無法忍受。我最討厭別人喊我大頭，我簡直痛恨死自己腦袋的模樣，而且還要在我最愛的素希面前被人這麼嘲笑！

我的眼前什麼都看不見，也不知道從哪生出的勇氣，竟然當場撲上去狠狠的打了民碩一頓。大家作夢都想不到我竟然會打人，同學都嚇了一跳，呆呆站在旁邊看，連素希也是。

在狠揍民碩一頓之後，我走進廁所裡哭了起來。從現在開始，素希一輩子都會記得我是大頭的這個事實。

五月二十七日（星期二）

世上真是奇怪，自從我揍了民碩一頓之後，同學，尤其是男孩子，都開始對我很好，跟以前比起來，感覺更尊重我。真可笑！女孩子們對待我的態度，也有了不同。只有裕美還是一樣嘲笑我，戲弄我。笨蛋，大頭大頭，下雨不愁，還笑著說要為我寫一首主題曲。裕美馬上實踐了她的話，上自然課的時候，紙條就傳過來了。

歌詞完成，曲名：song for 大頭

大頭大頭，下雨不愁。
野芹菜田獨自坐。
大頭大頭，下雨不愁。
野芹菜田躲貓貓。
大頭大頭，最可愛。
真想摸摸大頭。喔喔喔～～
光頭光頭，真討厭。

我愛大頭，愛大頭。喔喔喔～～～

我只寫了一句「找死啊妳？」就回傳給裕美，然後看都不看她一眼。其實我心裡在偷笑，忍得快要內傷。笑我大頭我也不會生氣的人，世上就只有裕美一個人而已。

我的眼眶忍不住紅了起來。是啊，那時我還以為他是因為聽到別人笑他大頭，才一時火冒三丈跟人打了起來，沒想到原來是因為在素希面前出醜，才激發出那股勇氣。我還故意笑他大頭，想逗他玩呢。

那天回家的時候，我甚至還譜了曲，一路唱著這首歌逗載俊。載俊一面說，妳再這樣我就不客氣了喔，一面裝出要揍我的樣子，最後還是忍不住咯咯笑了起來。

真懷念那些日子。如果載俊此刻能在我身邊，讓我唱起那首歌來逗他的話，我什麼都願意做。就算要我變成大頭，我也願意。就算要我一輩子光頭都沒關係。只要載俊能活著在我身邊。

我的口中不自覺唱起那首歌。大頭大頭，下雨不愁。野芹菜田獨自坐。大頭大頭，下雨不愁。野芹菜田躲貓貓。大頭大頭，最可愛。真想摸摸大頭。喔喔～～光頭光頭，真討厭。我愛大頭，愛大頭。喔喔喔～～

再也不能為載俊唱這首歌逗他了，再也不能了。載俊，載俊已經永遠不存在了。

眼淚又冒了出來，這樣不行，得先穩住情緒，休息一下再讀下去。

我放著翻開的日記不管，從椅子上站了起來，想聽點歡樂的音樂。只有這樣，才能讓我擺脫惡劣的心情。

我在CD架上翻來翻去，翻到了一張名為「便當特攻隊」的CD。這張

CD裡收錄了我喜歡的黃新惠樂團[14]和黃寶玲[15]，還有BB長統襪的歌曲。我本來不太喜歡江山恚[16]，直到在這張專輯裡聽到他的即興演唱才開始喜歡他。好，就聽這張。我戴上耳機，將聲音轉到最大。

黃寶玲沙啞的嗓音悲傷的響起。

難怪我覺得奇怪，
我什麼都給不了你，
你只好看著雞窩興嘆。
永遠的單腳鴿子，
單腳鴿子。
不是我知道了什麼，
就算心痛也無可奈何，

這一切都太遲了，
永遠的單腳鴿子，
單腳鴿子。

彷彿有隻白色的單腳鴿子從我眼前飛走似的。就算心痛也無可奈何，這一切都太遲了……唉，聽了更憂鬱。

我轉到下一首，是令人興奮的即興演唱！

鼓聲、貝斯和電吉他的旋律讓我的身體隨之搖擺起來。原本在壁櫥裡睡覺的黑雨剛好出來，也配合著我的舞動，喵喵直叫。

14 編註：韓國雙人組合，於一九九七年推出第一張專輯。

15 編註：韓國歌手，於一九九八年推出第一張專輯。

16 編註：韓國歌手，本名江英傑（音譯），於一九九二年推出第一張專輯。

一九九六年十二月十一日

雖然我的狀態看起來不是很好，

但涅槃的孩子在地下室裡不知作著什麼夢。

……

躺在平底鍋上，貓咪像平常一樣打瞌睡，結果全燒了起來。

一下子就到了地下世界去旅行。

記得帶便當，

到地下世界旅行的時候……

什麼到地下世界去旅行啊，還帶便當，我眼前彷彿出現載俊徘徊在地下世界的景象。不對，這是不可能的事情，你是個開朗又善良的孩子，就像卓別林一樣，只想讓憂鬱的人發笑。不管你在哪裡徘徊，一定會讓那個世界變得開朗又溫暖。你現在還停留在我身邊吧。一定是的，我能感覺到你的存在。我知道你還沒離開，你……

我隨著音樂，在耳機線能觸及的範圍裡搖擺身體好一陣子。大半夜的不能發出聲音，我一直不停搖擺身體，反而弄得滿身大汗。突然間瞥見映照在玻璃窗上的身影，看起來有點怪異。呵呵，搞不好你看到我，反而會嚇一跳呢。

舞動了好一陣子之後，心情好多了。我關掉音樂，又用熱水沖了個澡。真是的，哪有人還齋戒沐浴兩次的。

打開壁櫥一看，黑雨不知何時又跑回籃子裡，呼呼大睡了。

我再度在書桌前靜靜坐下來。

第七章　道別

日記本上，這頁的最後一行字刺痛我的眼睛。

笑我大頭我也不會生氣的人，世上就只有裕美一個人而已。

所謂的朋友就是如此嗎？可以自在向對方說出死都不願讓心上人知道的事情，就算因此被捉弄也不會生氣，反而還會覺得心情舒暢。就像當初我被魏廷河拒絕的時候，載俊捉弄我，我心裡反而更暢快，不是嗎？嘖，其實是因為我好欺負才捉弄我吧。算了，不管他當初怎麼想都無所謂了。想到這裡，我又有點生氣。

我翻到下一頁，六月。

這一帶開始綻放出刺槐花的香味時，我們正熱中於騎腳踏車。兩個人騎著腳踏車，飛快繞著飄滿花香的街道，這回憶彷彿夢境一般。這個畫面就像被單獨撕了下來，用我的粉蠟筆輕輕上色似的，顯得有點模糊。

六月一日（星期日）晴

今天和仁俊吵架。我好不容易存夠零用錢買的卓別林《摩登時代》錄影帶，被仁俊借給同學，結果弄壞了。我真的很生氣，這傢伙竟然連一個道歉都沒有，還說：「哥，那個你都看了好幾次了啊！」我發了一頓脾氣，連媽媽都在旁邊勸架：「又不是多了不起的東西，幹麼生氣，你身為哥哥就應該多忍讓。」

憑什麼身為哥哥就必須忍讓？只因為我早生了幾年，就要我一直忍一直讓。為什麼當哥哥的，總是要忍讓？《許生傳》[17]裡也說：「就算只早

---

17 譯注：《許生傳》，朝鮮後期的知名小說作品，以主角許生的視角，描寫朝鮮後期落後的社會經濟狀況和社會風貌。

生一天，也該把東西讓給先生的人吃才對！」但我這個當哥哥的，卻一點好處也沒有，一天到晚只會叫我忍讓！真想再鑽回媽媽的肚子裡，比仁俊晚生出來。

這傢伙，就算年紀小，也應該好好愛護別人珍愛的東西才對。要不是媽媽在，我真想狠狠揍他一頓，就像揍民碩一般。我的拳頭都癢了！

六月二日（星期一）

我的怒氣到今天都還沒有消，心裡太難過了，我看都不想看仁俊一眼。那小子今天也小心翼翼的看我的臉色。

我的心情無法平靜下來，就一個人躺在床上玩死靈遊戲，卻很難進入死亡的想像裡。都是仁俊害的，我實在太難過了，就設定自己是自殺而死，才終於有了點實際的感覺。仁俊因為內疚，難過的在地上打滾，媽媽也捶胸頓足、責怪自己不了解我的心情。爸爸臭罵了仁俊和媽媽，趴在已死的我身上痛哭……

一下子，淚水突然從眼裡湧了出來，心情也好多了。哇，我真是天才！竟然開發出這種能夠治療百病的遊戲。等到將來我成了像卓別林一樣有名的喜劇演員之後，一定要把這個故事寫進我的自傳裡。

晚上睡覺前，我走進仁俊的房間裡向他說：「仁俊，哥哥對你太凶了，對不起！晚安。」結果仁俊驚訝的張大嘴巴，一句話都說不出來。哈哈，當哥哥的，畢竟有點不一樣的吧。

這傢伙，居然這麼積極正向的玩著這遊戲。是啊，如果真這麼想的話，世界上就沒有消不了的氣了。我也來試試看吧。就在我這麼想的時候，眼前又浮現出靈堂裡看到的仁俊。那孩子和載俊長得實在太相像了，他又該做些什麼，才能填補哥哥不在的空位呢？

六月九日（星期一）

今天突然進行服裝檢查，裕美因為裙子太短被記點，我則是因為頭髮太長被登記。更過分的是，老師竟然趁著將學生全部集中到操場上檢查服裝的時間，進教室搜查我們的書包。

幸好我和裕美都沒事，但不少同學因為香菸和漫畫書被登記。金震因為帶了摺疊小刀來學校也被記了點。坦白說，我竟然覺得很高興。

六月十一日（星期三）

我愣愣的看著寫在日記本第一頁上的句子，看了好久。

有一天我死了，

我的死有什麼意義？

有一天我一定也會死，問題是什麼時候？可能是年紀大了，身體虛弱而死；也可能因為意外事故，年紀輕輕的就死去。死亡就是這麼一回事。但為什麼會有死亡這種事情呢？正因為十六歲是個看起來和死亡一點關係都沒有的年紀，所以我才會把死亡當成遊戲來玩。但十六歲，不，甚至是更小的年紀，死亡也可能隨時找上門來。

突然會有這些想法，是因為看到電視裡播出罹患癌症孩子的專題報導。我和媽媽邊看邊掉眼淚，才不過七歲的孩子，竟然過不了多久就得死去。和七歲相比，我算是年紀很大了吧？死亡究竟是怎麼一回事？死了的話，會到另一個世界嗎？還是變成另一種存在，重新輪迴呢？

「媽，妳相信輪迴嗎？」我問。媽媽回答：「沒那回事，死了一切就結束了。所以人活著，就要好好的活，認真的活。」我覺得，這果然是符合媽媽風格的回答。

但是，我相信輪迴。不過像是人會轉世成狗之類的這種輪迴，太像是捏造出來的，讓人難以置信。如果以類似我們上理化課所學到的「物質不滅定律」來思考的話，我們死了以後，難道不會成為其他存在的一部分嗎？當然，這樣的存在不會有記憶，形體也有所不同，但是並沒有消失，或許可以把這當作是所謂的「輪迴」吧？寫了這麼一堆，覺得自己真像是認真讀書的好學生。我大概和裕美越來越像，也有了一些哲學家的味道吧？最近總是有了一種想法之後，就會追根究柢的思考下去。

突然間，我冒出「載俊現在變成了什麼？」的想法。對了，你已經成了灰，裝在罈子裡，放進了像置物櫃的納骨櫃裡。但那只是你的身體，身體以外的，像是香氣、氣息、靈魂之類的，那些東西現在又成了什麼？沒有了身體，你變得更加輕盈，不受人注意的輕飄飄冒出來……現在是不是就在我身邊呢？

是啊，那些東西不可能在片刻間就消失得一點痕跡都不留。不，就算有可能，我心裡也不願接受。載俊明明就沒有消失。但是，如果這只是我自己的強詞奪理，如果那強烈到讓人感到不寒而慄的存在感，只是我為了欺騙自己而感受到的情緒……

如果不能如你所說的一樣，在瞬間消失不見之後重新回到這個世界的話；如果你整個人在事發的瞬間，就彷彿從未存在過而消失得乾乾淨淨、無影無蹤的話……

人們說得容易，只要放在心裡，一刻不忘，那個人就沒有死，而是永遠活在我們心中。這話真可笑，是為了撫慰心靈而製造出來的無數虛偽慰藉中，最討人厭的話。

還不如告訴我，我必須接受載俊已經完全消失的事實，以及有一天我也會像那樣消失得乾乾淨淨的事實。

七月一日（星期一）雨

煩死了！活著真煩。爸爸一點都不了解我。在爸爸眼裡，我根本就一無是處吧。為什麼一點男子氣概都沒有？不像個男子漢？為什麼這麼懶惰？毅力那麼差？你這副德性，長大了能做什麼？爸爸每次看到我，就罵東罵西的。

但是，爸爸說得對，我也討厭我自己，對自己一點都不滿意。其中個子太矮、一臉稚氣、不像個男人這幾點，最讓我不爽，所以素希才沒把我當成男人看吧。

以前我也向裕美抱怨過，她竟然說，這樣才可愛，有什麼關係。然而，就算裕美覺得我這樣很可愛，我卻不希望素希也這麼認為。我如果能像金震一樣有男子氣概、個子高大、長得又英俊，那該有多好。我真是個一無是處的男孩子，腦子不聰明，成績不好，運動也不行，要說有什麼比別人優秀的地方，頂多也只有稍微會模仿卓別林而已，但想光靠這點東西過日子，似乎有點吃力。話說回來，我對線上遊戲還有點拿手，但也不可能仰賴這個餬口吧。我對自己真的很不滿意。

七月八日（星期二）

明天開始考試，這次考試不可以考壞，即使只能提升一點點分數也好。不只是為了媽媽必須如此，為了我自己也得如此。我覺得自己真可憐，除此之外，我難道就沒有其他值得稱讚的地方嗎？

今天在裕美家一起準備考試，每次去裕美家，媽媽都會問一些討厭的問題。像是裕美現在是不是一個人在家？兩個人在一起的時候，房間門一定要稍微打開。如果大人都要出門的話，就趕緊回家來……

大人臉皮真厚，以為孩子不知道他們抱著什麼樣的意圖問這些，其實我們該知道的都知道了。每次聽到這種問題，我都有種被侮辱的感覺，甚至覺得連裕美都給侮辱了。這讓我對媽媽很生氣。這麼不放心的話，乾脆不要讓我去算了。媽媽不信任我，卻因為看書這件事情才勉強妥協。我喜歡媽媽，覺得媽媽很可憐，但只有這種時候，我真的很討厭媽媽。

和裕美一起念書的效果很好。兩人互相提問，不懂的地方就一起找答案。像這樣子一起看書，考試時就很容易回想出讀過的東西。

七月九日（星期三）

太好啦！今天考歷史，我只錯了一題。昨天和裕美一起讀書，都讀到重點了。裕美也很高興的說她只錯了兩題。果然，我們真是彼此不可多得的好朋友。上了高中以後，如果也能像這樣一起用功的話，就沒有人敢說我們考不上好大學了。

我真的很喜歡裕美，和裕美在一起很自在。其實除了我們兩個人之外，我們都沒有其他別的好朋友。我本來個性就靦腆，和同學不怎麼合得來。但裕美的個性開朗，朋友也很多（裕美說，其實她在以前的學校，都是和一大票同學成群結隊在一起），只是轉來我們學校以後，有點不適應罷了。對裕美來說雖然有點慘，我卻心懷感激。要不是這樣，像裕美那樣的女孩子，也不可能和我變得這麼熟。

讀到這段，眼前突然浮現我和載俊成了大學生，兩人一起走在校園裡的情景。那該多有意思啊！我們一定會向彼此說些聯誼的事情，還可以提供戀愛諮詢，可以一起大口喝酒，還會坐在圖書館裡，瘋狂的用功。在花瓣如花雨般落下的美麗校園裡，我們又會製造出多少溫馨美麗的回憶啊！

說不定載俊將來成了個子高大的少年。他現在只不過是國中生而已。國中生就是擁有一切可能，像嫩芽一樣的時期，所有的事情都還沒有一個定論。想像一個個子比我還高的載俊，我突然想將頭靠在他的肩膀上，就算只是普通朋友，也是可以做做這種舉動的。

光是想像這個情景，就覺得心中有一股暖流。說不定有一天，我會愛上載俊，將他當成一個男人去愛。這種故事也很多吧！昨天還是朋友的人，今天突然覺得他成為男人。

我呢？我會成為長髮飄逸、成熟美豔的大學生。因為我就算投胎，也不想成為像鄭素希那種悶騷的清純可憐型。

長髮飄逸的我和個子高大的載俊並肩齊步的景象，在眼前清楚浮現。這本來是有可能發生的，這本來就是有可能發生的。我們的面前，本來有一片無垠的未來，卻因為命運愚蠢的惡作劇，那畫面被撕得粉碎。

我的心裡再度燃起憤怒的火花，彷彿有人用大剪刀將原本規律轉動的電影底片從中剪斷似的。

為什麼偏偏是載俊？為什麼偏偏是他？

七月十日（星期四）

英文成績也過了八十分，一切都是託裕美的福。我向媽媽誇耀了一番，媽媽說，明天來請裕美來我們家溫習功課，她準備好吃的東西給我們吃。

裕美大概不會來吧，我也覺得裕美家比我們家自在多了。如果裕美來的話，媽媽肯定又會像上次一樣，不停的進進出出，假裝沒注意，其實一點都不放棄監視。算了，還不如不說。

七月十六日（星期三）

被爸爸打了一巴掌！

七月十七日（星期四）制憲節[18]

今天是國定假日，我不想待在家裡，便約裕美一起去樂天樂園玩。因為是假日的關係，園裡人山人海。我一點都不想看到爸爸的臉，雖然爸爸昨晚向我道歉，他說打我巴掌是他的不對，但我手機通話費高達兩千塊錢，這就是我的不對。

手機費很高，這是事實。我的煩惱太多了，每天晚上都用手機和裕美聊天。如果沒有每天和裕美講手機，我想我早就進了精神病院吧，或者早就走上歪路，成為不良少年。這麼一想，兩千塊錢還算是便宜的呢！我很想對爸爸這麼說，但連開口都不敢。我如果真的說出口的話，爸爸一定又會大吼著舉手打人。

爸爸似乎認為自己是懂得道歉的大人而自豪不已，比起對我感到抱歉的心情，爸爸的自豪更明顯，所以我一點也不感動。

唉，如果叔叔看到這些話，心裡一定很難過。但也沒辦法，那時的載俊心裡非常不好受，他認為媽媽的病都是爸爸帶來的，心裡對爸爸有很深的怨恨。而且，在我看來，也覺得叔叔是一個太過自私的人，一點也不了解孩子的想

18 譯注：一九四八年七月十二日，韓國國會制定憲法，七月十七日頒布實施。故每年的七月十七日為制憲節，是韓國五大國慶日之一。

法，就像我的親生爸爸一樣。

我想起了上次和爸爸見面時的事情，在那天以前，我們已經好久不見了。事實上，我是懷著有些忐忑的心情赴約的，自從爸爸再婚之後，只會偶爾打電話，很少直接見面。直到媽媽也再婚之後，我們幾乎斷了聯絡。

距離上次見面，已經相隔了三年。在開明的繼父和粗心大意的媽媽教養之下，我去見爸爸的時候，也沒有多想些什麼，就穿著平時的衣服出門了。三年沒見的爸爸還沒注意到女兒的長相，就先注意到了褲管長到拖在地上的寬大牛仔褲。

「妳穿的是什麼褲子？」爸爸皺起了眉頭問，我也不再說話。爸爸的問題也千篇一律，成績好嗎？有沒有上補習班？以後想讀哪所大學？媽媽有沒有每天為我準備早飯……我不情不願的回答了有關成績的問題，本想照實說早飯都是繼父準備的，話都到了喉嚨，好不容易才忍了下來，答出：媽媽每天幫我準備早飯。

和親生父親闊別多年的會面，我想要的其實並不是這個。我想像的再會，是爸爸說一面說著「我的寶貝女兒長這麼大了啊」，一面溫柔注視著我的場景。我的期待雖然破滅，但並不意謂著我對爸爸的愛有所減少。事實上，爸爸一直如此，一點也不慈祥，是嚴厲又愛嘮叨的父親。然而，我還是很愛爸爸。不管是什麼樣子我都喜歡，只因為他是我的父親。我想爸爸也一樣愛我，只不過要爸爸接受我這副模樣，似乎有點困難。爸爸只想將我改造成他想要的樣子，話說回來，那也算是一種愛吧，畢竟爸爸會這麼做，也是基於他對我的擔心。

無論如何，載俊的爸爸和我爸爸很像。可能因為載俊是男孩子的緣故，和爸爸之間的衝突才會讓他更難受。其實，和電視裡毆打孩子的暴力父親相比，一巴掌根本算不了什麼。但是，對在正常家庭中平順長大的載俊來說，已經是莫大的傷痛了。一般來說，不到萬不得已，父母不會打小孩耳光。臉頰，是象徵自尊心的部位。那時候載俊產生了自己的人格遭到完全忽視的心情，感到相當徬徨。

不過也是託了這一巴掌的福，我們在樂天樂園玩得非常開心。藉抗議父母的不能理解與壓迫之名，讓那天的郊遊更加歡樂。

七月二十三日（星期三）

鄭素希在暑假也到補習班上英文課，害我心臟跳得好厲害，一刻都靜不下來。我和裕美說了這件事，她竟然回答我，她會幫我學好英文，要我認真念書，把素希比下去。真是一點都不了解我的心情。

每天都可以看到素希，好像作夢一樣，但和她一起上課，卻覺得很有負擔，害怕又被她看到自己沒出息的樣子。

七月二十五日（星期五）

和英均說好了要向他學騎摩托車。到目前為止，我從來沒有騎過摩托車，很不好意思的是，其實我膽小得一點都不像個男子漢。事實上，到現在為止我也從沒想過要學騎摩托車。因為我覺得，騎摩托車的男孩子全都是不良少年。國中生就騎摩托車，對我來說是一件太過遙遠的事情。我們學校騎摩托車的男孩子，也只有魏廷河和金震這幾個輕浮小子，而我竟然想擠進他們的隊伍裡！我對自己的決定感到驚訝。

坦白說，如果不是因為素希，我大概想都不會去想。昨天素希說，她看到男生很會騎摩托車的樣子，就全身酥麻。當然，這話不是對我說的，而是女孩子聚在一起時說的話。但聽到那句話的瞬間，我就下定決心，無論如何，我一定要學騎摩托車。所以，我馬上纏著英均教我。仔細想想，說不定金震就是因為很會騎摩托車，才能擄獲素希的心。

有了這種想法之後，再到街上一看，就發現世上有太多男孩子都騎著摩托車，帥氣的在街上奔馳。看到他們，我羨慕得都快喘不過氣了。魏廷河和金震也是，他們熟練的騎在摩托車上，技術好到稱得上是飆車族。但是因為我和他們不熟，也不想請他們教我騎車，才會拜託看起來比較穩重的英均。我絕對不想成為飆車族，光是想到要騎車，心裡就已經害怕得要死了。因此為了堅定自己的心，才故意狠下心開口拜託英均。我只要能學會騎車就可以了，我只希望有天能在素希面前，帥氣的騎著摩托車，那該有多好啊！那樣一來，素希應該也會多少把我當成「男人」看吧？

摩托車。摩托車終於出現了。我的心一下子沉了下去，這也是因為素希的緣故嗎？早說紅顏禍水嘛，素希就是最典型的一個。我彷彿聽到心臟嗶嗶剝剝燃燒起來的聲音。可惡的傢伙！就愛對人拋媚眼，一副曖昧的樣子！讓男孩子焦心的素希，她白嫩的臉孔看了就討厭。但有什麼辦法，我最好的朋友載俊就是發神經愛上了那樣的素希，才會魂不守舍。這種事情又不是有人強迫他去做的。

七月二十六日（星期六）

現在還是有種頭要裂開的感覺，我終於坐上了生平第一次的摩托車！當然不是只有我一個人而已，我是坐在英均後面的位子上，而且只待了短短不到十分鐘吧。

但是，當我坐在英均的後面，一起騎到車水馬龍的街上開始，我全身的血液好像都快乾掉了似的。我的心裡一直想，大不了一死，不然除此之外，還有比這更糟糕的事情嗎？當速度壓在身體上時，我什麼都忘記了。

「英均是摩托車高手，沒有什麼好怕。」我暗自這麼告訴自己之後，果然心裡就舒服多了。我閉上了眼睛，只用身體感受摩托車的速度，覺得比想像中好多了。

但突然間我的頭開始痛得好像要裂開似的，實在受不了了，呻吟聲脫口而出，覺得很想吐。有生以來，我的頭從沒這麼痛過。我怕英均嘲笑我，一直勉強忍耐著，後來卻連一分鐘都再也忍不下去，只好要求英均讓我下車。英均卻故意加快速度，還嘲笑我說：「有什麼好怕的，稍微忍耐一下，相信我。」

可是，我連捉緊英均的力氣都沒有了，我說出：「放我下車，英均！我頭痛得快裂開了。」這時英均才察覺到不對勁，趕緊將摩托車停靠在路邊。我的臉色大概白得嚇人吧，可把英均嚇壞了，急著問我：「你身體不舒服還坐摩托車？應該早點說的啊！」我只能虛弱的回答：「嗯，對，對不起。」

英均這麼說，我很高興，至少不會讓他發現我其實是個膽小鬼。

下了摩托車之後，吹吹風，就好多了。但是頭到現在還是一直很痛。這副模樣，我還有可能騎摩托車嗎？真討厭我自己，為什麼那麼不像個男子漢呢？真是太讓人洩氣了。摩托車大家都在騎，況且只是坐在後座而已，這種事情連女孩子都做得到，不是嗎？我就是一個笨蛋，真的太討厭了！

八月七日（星期四）

我坦白告訴裕美自己正在學騎摩托車，直到現在我大概知道怎麼騎了，才有勇氣說出來。之前總覺得自己可能學一學就放棄，所以不敢告訴裕美。裕美知道後氣得跳腳：「喂，你知道工廠裡每製造一台摩托車會說什麼嗎？都說又要多一個寡婦了！你這個笨蛋！馬上給我放棄這個念頭！

幹麼做這種根本不適合你的事情？」

我比任何人都怕摩托車，但是我也為自己能像這樣一點一點克服恐懼而感到高興。別人都可以做的事情，為什麼我就不能做呢？我能理解裕美為我擔心的心情，但不管是為了讓素希看得起我，或是其他什麼原因，我更喜歡的，是自己有所改變的樣子。

八月十日（星期日）陰

最近，每天補習班下課以後，我都偷偷學騎摩托車，過得很有意思。似乎有點明瞭英均所說的騎摩托車的快感。他說，騎著摩托車，嘗到速度的快感之後，某個瞬間就會想放下一切世俗的事。那瞬間，腦子裡會變得一片空白，什麼想法都沒有，只想像電影《心跳》裡的鄭雨盛一樣[19]騰空而起。那時候就要小心，在越近似陶醉的時刻裡，就越必須保持頭腦清醒。

「摩托車是移動的殺人武器！」英均這麼說。這種話對我來說根本是不可能的事情。不過當英均這麼說的時候，看起來可真帥！

如果被媽媽知道的話，想必會引起很大的騷動吧。如果爸爸知道的話，我的腿大概就要被打斷了。連裕美都威脅我，如果我繼續騎摩托車的話，就跟我絕交，我只好假裝答應她說我不騎摩托車。所以啊，我只能偷偷躲起來練習，目前為止也只在學校運動場或公園一帶騎而已。騎上街的話我會害怕，連肘窩都不敢伸直。英均笑著說，沒見過像我這麼膽小的人。怕就是怕，就算被嘲笑了也無可奈何。

19 譯注：韓國男演員鄭雨盛於電影中帥氣狂飆摩托車的模樣，成為該電影的經典畫面。

八月十四日（星期四）

素希今天坐在我旁邊，我的心跳得好厲害，滿臉通紅，什麼話都說不出來。老師講的課，我一個字都沒聽進去。每次不小心稍微碰到彼此身體的時候，我就全身起雞皮疙瘩。

下課後，當我收拾書包的時候，素希說：「下次先幫我占你旁邊的位置。我可以坐你旁邊吧？你不會討厭吧？」

她明明心裡清楚得很，還故意戲弄我。我也明知她在想什麼，卻還是手足無措。明明知道素希會這麼說並不是喜歡我……

哪天等我能帥氣騎著摩托車時，我一定要讓素希看看。而比這更大的夢想，就是我要讓素希坐在我的摩托車後座！光是想像，就好快樂。身後載著美麗的素希，感受她的手勁和呼吸的氣息，一面騎著摩托車。我會看起來多麼有男子氣概，多麼狂野啊！光想想，我就心跳加速。素希啊！我的愛，等等我吧！再過不了多久，我就能騎到街上了。

半夜裡，沒什麼車，練習起來很方便。恐懼也只是一瞬間而已，大不了就是死而已。一這麼想，再大的恐懼也消失了。人啊，偶爾還是得賭上性命去做些什麼事情吧。為了得到愛情，除了賭上性命，還有什麼能賭的！「下次先幫我占你旁邊的位置。我可以坐你旁邊吧？你不會討厭吧？」我一整天都反覆背誦著這些話。我，黃載俊，愛鄭素希。就算她只是開玩笑也好，就算她只是戲弄我也沒關係。只要能再次聽到素希對我說那些話，我什麼都願意。

日記就結束在這裡，這是載俊出事四天前的日記。

我久久趴在書桌上，無法動彈。奇怪，剛才明明還懷疑著說不定就是為了討好素希，載俊才會走上死亡之路而恨著素希，但是真正讀完最後一篇日記之後，那種心情反而消失了。

原來你如此深愛著素希啊……許多雜亂的想法盤旋在我腦中。我真的不知道，原來載俊這麼深切的思念著素希。載俊本來就是個愛鑽牛角尖又單純的孩子，這絕對是有可能發生的事情。然而，我已經不再討厭素希。載俊如此深愛素希的心情也影響到我，既然素希受到載俊如此深愛，我對她也恨不起來，因為她是我最好的朋友所深愛的人。

不，比起恨，我反而感謝素希。會出現這種情緒，其實我自己也很意外。但對英年早逝的載俊來說，在如此短暫的人生裡，至少曾感受過如此美麗的愛情，無論如何，一切都該歸功於素希。要不是素希，載俊可能連「愛情」是什麼都不知道，就離開了這個世界。

愛情的力量讓他逐漸克服自己的極限，我的眼睛裡閃耀著載俊努力的模樣。雖然就在那一瞬間遭逢了事故，雖然老早就可以阻止事情發生，但他的那份心意和熱情卻如此耀眼不已。

說不定載俊死前還一直想著素希，就算我跑去救他，他還會有些遺憾，因為不是素希。

這麼一想，又彷彿有人拿著針不停戳在我心上似的，一股痛楚襲來。好不容易才對素希有了好感，甚至還很感激她，現在卻又因為心裡不是滋味，眼淚奪眶而出。我很清楚愛情和友情是不同的，也清楚載俊對素希是愛情，但是當我窺探了載俊心底所有想法之後，另一方面卻有種無盡的傷感。

唉，以後我再也不會想起你這個人了，再也不因為思念你而掉眼淚了，我要好好的活下去，就算沒有你……

我一把鼻涕一把眼淚的哭了好久，還在心裡忿忿不平的呢喃了半天，才發覺自己此刻的模樣真是難看。既無可奈何，又狼狽不堪。我就像是載俊還活著似的，為了這種無聊的問題發脾氣。讀完了死去好友的日記之後，我的反應竟然是如此。

就是這樣，我的心裡才沒有載俊已經死去的感覺。讀完了日記之後，反而覺得載俊還活著似的。那種感覺強烈到，如果我現在打電話給載俊，他就會如往常一般接起電話說道「你做噩夢了嗎？大半夜的，幹麼打電話給我？」

載俊已死的事實，就像從遙遠國度裡傳來的無稽謠言或是一場夢境。我的眼淚也不再流出來了。

是啊！載俊還活著，以一個平凡的十六歲少年的身影，永遠的活著。雖然少年不會死，但也無法成為一個男人。

低頭看向窗外，點點細雨在不知不覺間變成大雨，也傳來了滴滴答答的聲響。剛才太專心讀日記，連雨聲都沒聽到。

秋雨。這場雨停了之後，秋意會變得更濃吧。

即使在大雨中，路燈的燈光依然散發出昏黃的光芒。春日時分櫻花花瓣飄落的燈光裡，現在只剩粗大的雨滴狠狠砸在地面上。

此時有種載俊就站在那裡，抬頭望向我的感覺。我關掉房裡的燈，想藏起自己的身影，看著載俊。當我這麼做時，真的依稀有種載俊正望著我的感覺。路燈的光線所製造出來的空間，彷彿就像是另一個世界。

很莫名其妙吧，載俊？我能說因為今天活著，所以明天也會活著嗎？就算是你，看似與死亡一點關係也沒有，卻如此莫名其妙就到另一個世界去了。你果然是個「少年」，恰好就活得像個十六歲的少年一樣，有愛情，有煩惱，有徬徨，有深深的自卑。你同時也懷抱夢想，還累積了一份深厚的友情。

本來以為自己對你無所不知，現在才知道並非如此。你應該也是一樣的吧？因為在我們對彼此的了解裡，多少還是存在著限制。你會不會因為我讀了你的日記，而不高興呢？還是會有點不好意思？真是個悶騷的人！既然忘不了鄭素希，又何必在我面前逞強？如果還能狠狠的罵你一聲笨蛋，或許我心裡會好過許多。放著我這麼棒的女孩子在身邊不管，竟然愛上那種可惡的女孩，你也真是一個沒眼光的人。幸好，你也還沒看清我的缺點。

不管怎麼說，我和你能做朋友，真的太好了。如同你一開始所想的，就是朋友，不是男朋友。今後，在我的生活裡，我還會認識無數的朋友。但是載俊，你絕對是我心裡最特別的存在，我死也不會忘了你。不管我以後愛上了哪個誰，我的心底總有一塊專屬於你的地方，永遠不會改變。我想，你一定也一樣。不管素希在你心裡占了多大的份量，你心底一定會為我留一個位置的。就算戀人會變，卻有一把會永遠放在心底的椅子，永遠不會改變，一把不是如燃燒火焰般的赤紅色，而是染著像秋天落葉般淡淡色彩的椅子。剛才我竟然會忘記這點，還因為嫉妒發脾氣，載俊啊，真是對不起！

我又打開了檯燈的燈，燈光下小小的空間裡，日記本仍然攤開。正想闔上日記本時，我又翻回最前面那一頁。

有一天我死了，

我的死有什麼意義？

死亡的意義，我不清楚。或許這輩子我都得思考這個問題。雖然不知道我的一輩子會有多長，但是人生下來之後，總有一天會死，甚至不知道是哪一天會死。同時，死亡有可能發生在極端愚蠢或微不足道的時間點，這些事你已經告訴了我。

載俊啊！我好想念你。你的死，意謂著從今以後我再也看不到你，這一點再確實不過了。我的朋友黃載俊只在這世上停留了短短的時間，就離開了。短暫的時間裡，你已經在我心裡留下了無法抹滅的深刻感情。一路好走，載俊！別再徬徨，放下心，好好走吧。

淚珠從我眼眶裡滾落，用簽字筆寫的那幾個字，被淚水暈了開來。在我眼中，彷彿載俊正在流著眼淚。

我知道，這是你在向我道別，對吧？要我好好過日子。你也忍不住掉眼淚了吧？

我沒有理會被淚水沾濕的紙張，就這樣闔上了日記本。此刻，我也該睡了。明天該去找阿姨，還給她日記本。告訴阿姨，內容很有趣，可以讀一讀，裡面寫了一堆阿姨的壞話呢。

黑雨大概被我東摸西摸的聲音吵醒，從壁櫥裡伸了伸懶腰跑出來。我抱起黑雨，擁在懷裡。黑雨在我懷裡舒服得發出呼嚕嚕的聲音，我靜靜的將臉頰貼在小貓身上磨蹭。

關掉檯燈，我直接抱著黑雨躺到床上去，越下越大的雨聲在我耳邊響著。那雨聲聽起來就像在說：再見了，再見！我要走了，我走了。聽著道別的雨聲，我靜靜沉入夢鄉。這雨，大概會下一整夜吧。

作者的話

二〇〇一年九月九日，一名少年無奈的失去了生命。

當時，我正在韓國原州的土地文化館。聽到他的死訊以前，我連這個少年的存在都不知道。他的長相和姓名，甚至連這孩子曾經活在世上都一無所知。

然而，奇怪的是，當我聽到消息的瞬間，我彷彿像是聽到一個自己很熟悉的人死去似的，忍不住痛哭失聲。好幾天都無法止住哭泣。難道是因為我有一個和那孩子年齡相仿的女兒嗎？

或許那瞬間，我有了一種變成少年父母的心情吧。

彷彿有人拿了一把刀刺入我心臟似的，痛苦得難以喘息，彷彿我是那少年生前的至親一般。最後，我只好向那少年承諾，總有一天我會寫出你的故事。那不一定是描寫你的故事，但將會是一個像你一樣、一個關於年輕的靈魂有一天突然消失不見的故事。

從那之後過了兩年，我又再度走進土地文化館，我想在那裡寫完當初承諾的構想，因為那裡是我遇見少年的地方。雖然遲了一些，但我還是堅守了承諾。當我畫下最後的句點，躺在床上的那天夜裡，窗外晚秋的寒雨正淅淅瀝瀝的下著。那天晚上，我終於安穩入睡。

我寫這本書，希望呈現一段極度平凡、平順、溫馨的人生。回首看去，周圍小小年紀就無奈消失的少年，出乎意料的多。我不想讓那些已經消失不見的少年過著異於常人、極端又痛苦的人生。我只想讓他們享受著沒有一絲悲劇陰影滲透的平安、簡單時光。希望那些少年能在這個故事裡，享受自己是美好人生的一員，即使只是短短的時間也好。

在我寫作的日子期間，國中小朋友的照片一直貼在我的牆壁上，小新、之允、義真、廷珍、民基，辛苦你們了，也真誠的感謝你們。因為我是懷著讓你們坐在我面前聽我說故事的心情，來寫這本書的。想到寫這個故事時，我只能一個人哭，一個人笑，就覺得很難受。有了你們在那裡，雖然安靜，卻也支撐著我一路寫下來。

還有為我仔細閱讀完文稿的無數學生，雖然無法在此一一列出你們的名字，但我同樣真心的向所有的小朋友致謝。你們所指出的尖銳問題，我都一一看過，我能接受的，也全都修改了；受到指正，但卻沒有修改的部分，是有不得不如此寫的原因，而不是對批評毫不理睬的緣故，此點還請見諒。

還有在散步途中，告訴我重要資訊的金瑞正老師，一直在等待這個故事完稿的崔允貞老師，以及土地文化館這個空間和所有人員。我不知道該說什麼，才能傳達我的謝意，一切盡在不言中。

李庚惠於原州梅芝里
二〇〇四年四月

故事館17
夏天最後的日記
小麥田 어느 날 내가 죽었습니다

作　　者　李庚惠 이경혜（Kyung-hye Lee）
譯　　者　游芯歆
封面設計　高偉哲
協力編輯　王品涵
責任編輯　丁　寧

國際版權　吳玲緯
行　　銷　艾青荷　蘇莞婷
業　　務　李再星　陳紫晴　陳美燕　馮逸華
副總編輯　巫維珍
副總經理　陳瀅如
編輯總監　劉麗真
總 經 理　陳逸瑛
發 行 人　凃玉雲
出　　版　小麥田出版
10483台北市中山區民生東路二段141號5樓
電話：(02)2500-7696
傳真：(02)2500-1967
發　　行　英屬蓋曼群島商家庭傳媒股份有限公司
城邦分公司
10483台北市中山區民生東路二段141號11樓
網址：http://www.cite.com.tw
客服專線：(02)2500-7718｜2500-7719
24小時傳真專線：(02)2500-1990｜2500-1991
服務時間：週一至週五09:30-12:00｜13:30-17:00
劃撥帳號：19863813　戶名：書虫股份有限公司
讀者服務信箱：service@readingclub.com.tw
香港發行所　城邦（香港）出版集團有限公司
香港灣仔駱克道193號東超商業中心1樓
電話：+852-2508-6231
傳真：+852-2578-9337
馬新發行所　城邦（馬新）出版集團 Cite(M) Sdn. Bhd
41-3, Jalan Radin Anum, Bandar Baru Sri Petaling,
57000 Kuala Lumpur, Malaysia.
電話：+603-9056-3833 傳真：+603- 9057 6622
讀者服務信箱 :services@cite.my
麥田部落格　http:// ryefield.pixnet.net
印　　刷　前進彩藝有限公司
初　　版　2015年10月
初版三刷　2019年2月
售　　價　280元

ISBN 978-986-91638-7-3
Printed in Taiwan.

夏天最後的日記（어느 날 내가 죽었습니다.）*is published under the support of Literature Translation Institute of Korea (LTI Korea).*

國家圖書館出版品預行編目資料

夏天最後的日記／李庚惠著；游芯歆譯. -- 初版. -- 臺北市：小麥田出版：家庭傳媒城邦分公司發行, 2015.10
面；　公分
譯自：어느 날 내가 죽었습니다.
ISBN 978-986-91638-7-3（平裝）

862.57　　104018042